記憶を辿って 2020

橋本正幸

東京図書出版

☆ 彼の日の記憶を辿ってみよう

前書き

令和二年として迎えた二〇二〇年の始まりは前年末からの暖かさが続いて、平年並みの気温ともなればその寒さが異常と感じるほどの温暖さだった。

一月十七日の金曜日は、前日の陽気から一転して曇天の寒い朝を迎え下り坂の空模様だったので、朝食を済ませた後に居間の雨戸だけを開けて明かりを取り入れた。インスタントコーヒーを淹れてパソコンの電源を押し、その前の椅子に座ろうとした。何度も繰り返している日常の動作だったが、その朝だけは少し違っていた。机の下に設えた書棚に並ぶ古い書籍の中の一冊が目に留まり、早速に読み始めることになった。それは串田孫一氏の『風の中の詩』という一九七八年に編集された随想集だった。手元のものは第五刷で翌一九七九年四月発行のものだった。今までに読んだ記憶も形跡も無く買ったままとなって、四十年というほぼ私の職業人生と同じ長さを書棚で過ごしていた。購入当時からは十回ばかり引っ越しをしているので、長いこと無視されつつも随行してきてくれた一冊である。

川越にキャンパスがあった大学に入学した頃は、行事の無い休日があると、よく一人秩父や八ヶ岳まで行って、そこの麓を歩いたり登山をしたりしていた。大学の所在地と同じ川越に自宅があった友人が、串田孫一氏の随筆を貸してくれた事が切っ掛けだった。また氏が日曜日の朝にFM東京の『音楽の絵本』で音楽を流しながら聴かせてくれた詩の朗読がお気に入りだった。以来、目に入った全ての氏の書籍を買い集めていた。

一九七七年に大学を卒業して就職した会社は、偶然にも大学の四年生を前に移り住んだ上福岡市という同じ市内にあった。池袋からみて川越より手前にある東武東上線沿いの街だった。仕事や同僚との交友にも慣れ、配属された半導体製造技術開発の仕事に意欲が湧いていた頃で、『風の中の詩』は購入したものの読まずじまいになっていた。

二〇一九年の十月に年金受給の齢を迎え、少しばかりの仕事を請け負っているものの、日々の半分ほどは敷地にある五十坪ばかりの菜園耕作や庭の花木の手入れが日課となっていた。たまたまの天候の変化のおかげで、四十年余りも眠っていた一冊の随想集を読み耽る一日となった。そして、老人となって鬱々と沈んでいた心に、新たな人生の面白さの扉を開いてくれた。この一文はその翌日に認《したた》めたものだが、本文はそれ以降の執筆である。

橋本正幸

二〇二〇年一月

記憶を辿って　２０２０◇目次

串田孫一《作品と私》

前書きのところで述べた、串田孫一氏の随想集の『風の中の詩』を読み終えた後に、すぐに確かめたくなった事がある。そして串田孫一氏がこの随想録を書いたのは何歳頃だったのだろうと調べた。

『風の中の詩』は一九七八年早春と記載された後書きの中で、「一九七六年の夏の終わりから一年間、non・noに連載した。」ものを単行本として編集したと記されていた。この本には氏の略歴の紹介が無かったので、同じ本棚に立ててあった『虹を見た夕暮』の略歴で一九一五年生まれであると知った。誕生月が十一月との事なので、『風の中の詩』の二十三編は氏が六十歳後半から六十一歳後半の頃に書かれたものであることが分かった。ちなみに自分の父親より十歳ほど年上で、元号で言えば大正四年生まれとなろうか。

同書の後書きには「若い方々を読者として編集している雑誌に、調子を合わせて器用に書くのは私にはもう無理だと思ってお断りしたのだが、場違いを承知の上で頼んだと言われればどうしようもなく、好き勝手に書かせて戴いた」と記されており、その通りで、当時二十五歳だった私にはこの随想録を味わう感性が追い付いていなかったようだ。それから四十年も放りっぱなしだったが処分もしなかったのは、いつかは読んでみようと思い続けていたからに他ならない。やがて四十年を経て、今の自分より少し若かった頃に綴られたこの二十三編の随想録は、懐かしい旧友のしみじみとした逸話集のようだった。

『虹を見た夕暮』は一九九四年に発刊されていて、それは氏が七十九歳のときの著書だった。初版本を買い求めた当時の私は四十歳だったことになる。だから私はおよそ二十年間に亘り、氏の新たな発見や体験の物語を期待して、新刊物を手に入れようとしていたようだ。今でも手元には二十冊余りの書籍が本棚に残っている。特に大学の二年生頃に読んだ『山のパンセ』では、その中にあった《意地の悪い山案内》という一編に感化され、これを真似したことによって私自身に逸話が生まれ、作品の中で一番深く記憶に刻まれている。

いまこの一文を書いている最中にその『山のパンセ』を開いてみた。すると表紙側には一枚の葉書と、裏表紙側には新聞の切り抜き二枚が挟まれていた。全くそんな記憶を失っていたが、残されていた葉書や新聞の切り抜きは忘れがたい記念品である。

私にとって串田氏からの最新の最後のメッセージが、その新聞の切り抜きとなった。二〇〇五年六月二十四日㈮に『日本経済新聞』の夕刊に掲載された『道草の効用』についてのインタビュー記事である。＊シニア記者がつくるこころのページ＊という連載の一つで、栩木《とちぎ》誠《まこと》という編集委員が、小金井市にあった串田氏の自宅を訪問しての取材記事だった。見出しは《立ち止れば新たな刺激》と記され、冒頭には次のような氏の言葉が掲げられていた。

「庭に茂る植物も面白いですよ。無理して伸びようとするものがいれば、下の方で落ち着いているものもいる。人間と同じですよ」

インタビュー記事であったことから、串田氏自身の文章は無かったが、昨今の日常と人生を振り返っての思いが語られていた。そして記事の中段には、先に読んだ作品のなかで記憶に深いと述べた『山のパンセ』の一節が引用されていた。そして即座に《意地の悪い山案内》の逸話が蘇ってきた。

「老樹を、一本一本ゆっくりとながめ、語りかけてくることがあれば語りかけ、ときどき立ち止まって（中略）木の根元の雪を踏みかためて休む」（随想集『山のパンセ』）

もう一方の切り抜きは、それから一月余り過ぎた七月二十九日㈮の記事で、これも栩木誠氏が編集し、先の時と同じ穏やかな笑顔の写真が掲載されていた。今度の見出しは《時代見続けたモラリスト》と記され、記事の分類は『追想録』であった。最後の一行には、＝7月8日没、89歳、と記されていた。前回の写真はインタビュー日の一コマだったが、今度の記事では遺影に変わってしまった。串田孫一という随筆家を知ってからおよそ三十五年が過ぎての訃報だった。

これから私の書棚に氏の作品が加わることは無いだろう。生きている間に現在蔵書する二十二冊の全てを再読することも無いだろう。それでも処分はせずに、ときには背表紙を眺めたり、ときには一冊を取り出してその中の二〜三節を読んで、薫陶を受けたり思索の旅を一緒に楽しんだりすることになるのだろう。

『山のパンセ』の表紙の裏に挟まれた一枚の葉書は、串田氏から頂いた返信だった。群青色のインクの万年筆で書かれ、省略した旧漢字と早書きらしい片仮名は、一つ一つの文字は美しいとは言えないが、書き慣れた文字の間隔はバランスがとれ、全体が整って配置されて、几帳面さも伝わってくる。葉書は氏の版画が右上に印刷された特注品だった。

押されていた消印は、小金井局で昭和五十二年七月十三日のものだった。就職して間も無い夏のことで、当時の状況か考えに対する返信のようであったが、何を書いたかは思い出せない。返信の内容からすると、社会人となっての新たな不満とか、傲慢な挑戦のことでも書いたようだった。読み返すときに便利なように、旧字体から新字体に変換し、

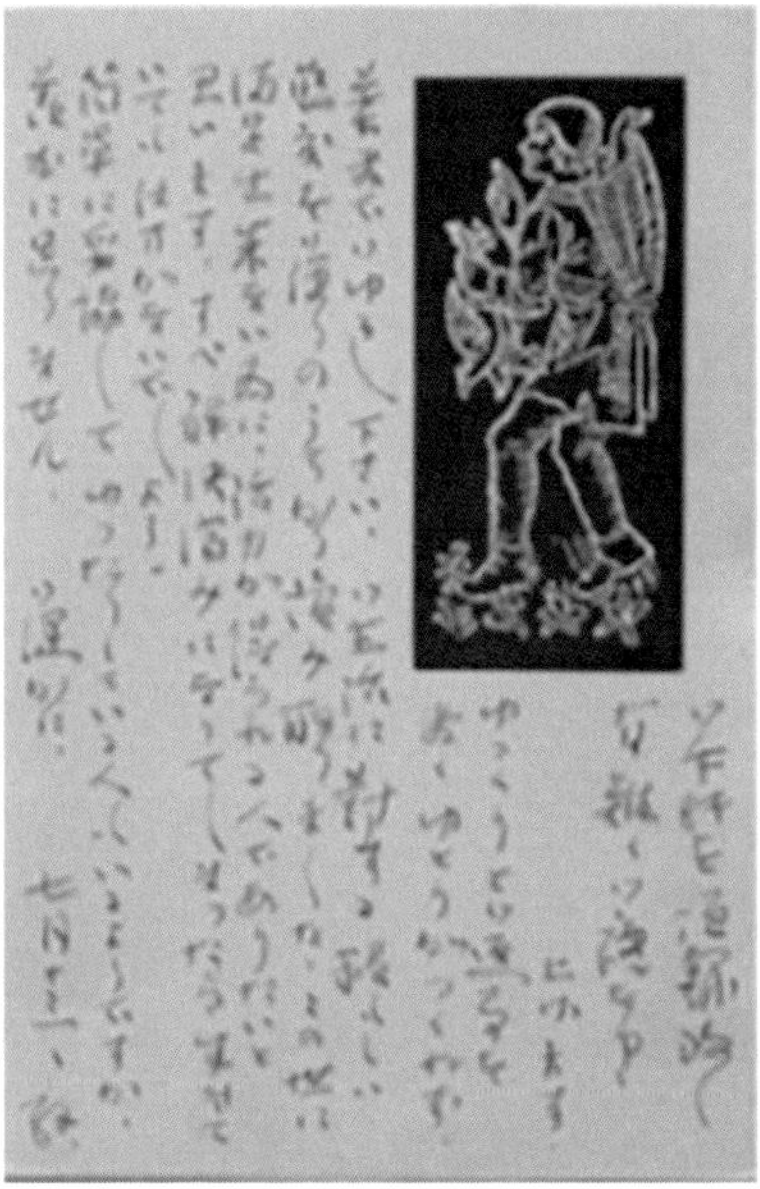

句点を点から丸に変えて書き残しておこう。

御手紙を頂戴致し
有難くお礼を申し
上げます。
ゆっくりとお返事を
書くゆとりがつくれず、
葉書で御ゆるし下さい。御生活に対する頼もしい
態度をお便りうちから読み取りました。この世に
満足出来ない為に、活力が得られる人でありたいと
思います。すべて解決済みになってしまったら、生きて
いても仕方がないでしょう。
簡単に妥協してゆったりしている人もいるようですが、
羨望に足りません。
お健やかに。 七月十三日、孫。

蔵書については度重なる引っ越しにもめげず、殆どが茶褐色に変色し傷みながらも同伴して今日まで付いて来てくれた。そんな書籍達を紹介しておこう。

思索する心	昭和四十九年十月	新装発行	雪華社
思索と行為	昭和四十九年十一月	発行	雪華社
人生と生活	昭和五十年一月	発行	雪華社
雨あがりの朝	昭和五十一年九月	改装版発行	雪華社
生きるための思索	昭和五十一年五月	初版第十八刷発行	社会思想社
博物誌I~V	昭和五十一年五月	初版第三刷発行	社会思想社
山のパンセ	昭和五十一年五月	初版第五刷発行	実業之日本社
心の歌う山	昭和五十一年五月	初版第二刷発行	実業之日本社
若き日の山	昭和五十二年五月	初版第四刷発行	実業之日本社
光と翳の領域	昭和四十八年四月	第一刷発行	講談社文庫
自然の断章	昭和五十三年六月	第二刷発行	講談社
音楽帖	一九七三年五月	初版発行	彌生書房

流れる時	一九七九年九月	初版発行	彌生書房
季節の断想	一九七七年六月	第二刷発行	大和書房
愛の断想	一九七七年六月	第四刷発行	大和書房
山の断想	一九七八年五月	第六刷発行	大和書房
風の中の詩	一九七九年四月	第五刷発行	集英社
虹を見た夕暮	一九九四年十一月	初版第一刷発行	メディアファクトリー

実は、先に大学の二年生頃に『山のパンセ』を読んだと述べたが、その年は一九七四年、昭和四十九年である。私の蔵書は昭和五十一年発行の第五刷だったので、読んだのは自分の本であるはずはない。初版は昭和四十七年だから誰かの本を借りて読んだに違いない。ならば誰に借りたのだろうか。川越に自宅があった大学の旧友に電話をして『山のパンセ』を持っていたかと尋ねた。今でも持っているという返事が返ってきた。それで合点がいった。

その本を読んだのが大学二年の秋になる前でなければ、私が《意地の悪い山案内》をすることはなかったのだ。同じ学科の女性に依頼されて、晩秋の秩父の低山を散策する計画を立てた。それを聞きつけ、同じ学科だった一人の男が一緒に行きたいと加わった。そしてその山行における私の意地の悪い不親切さが、恋心を抱いていたもう一人の男子の細心の気配りに勝る結果を生んでしまった。人の心は誠に不思議なものだ。

学生時代は腹をすかすと川越の友人の自宅に行き夕飯をご馳走になった。御両親はさぞ迷惑なことだったろうが、いつも笑顔で歓迎してくれた。

彼は、『山のパンセ』を持っていたが、山に行っていた様子は見せなかった。一度だけ一緒に雲取山に登ったことがある。三峰山からの往路での足元に積もった枯れ葉を踏む音が耳に残っている。どんなルートで帰って来たのか忘れてしまった。今度会った時にでも確かめてみよう。

その友人は私の問い合わせの電話にでながら、忘れていた記憶を辿っていた。彼もまた串田孫一氏に手紙を書き、返信を受け取っていた事などが蘇ってきたようだった。後日にメールを受け取ったのだが、その文面は彼の記憶を辿った随想録に他ならなかった。

昨日仕事から帰宅して屋根裏部屋の段ボールに入った串田氏の本を探してみたらありました。

「山のパンセ」の167pの「意地の悪い山案内」が！

その数ページ前に一枚の小さな赤茶けた紙片がありました。

なんだろうとよく見ると、大学発行の学割でした……

何でこんなところにと訝しんだのですが、思い出しました。当時付き合っていた彼女の家に行く予定で学生課の窓口で発行してもらったことを。

でも、事情があり学割は使うことなく半世紀近くも本の間で燻っていました。屋根裏に潜ってきた猫たちには見られてしまいましたが……

発行したのは昭和51年の晩秋になっていましたから彼女も今頃は還暦過ぎの婆さんになっているのではないかと思います……

何だか昔読んだ本には、いろいろな物が挟み込んでいるのでタイムマシンの様ですね！

定年退職前の修学旅行　《安食合宿》

令和二年一月の『安食』は、月末近い二十八日となって、この季節に経験したことの無い大雨が降った。例年であれば夜の凍結と日中の乾燥で風化している畑の土は、その大雨から五日間も晴天が続いたというのに、水を抜いた後の池底の泥のように、たっぷりと水分を含んで光沢を放ち、昇り始めた早朝の陽光が反射して鏡のように光っていた。そんな真冬とは思えない、穏やかな陽ざしが溢れた二月二日の日曜日の朝が、私の隠居小屋にやってきていた、ある旧友の定年退職前の修学旅行の最終日の別れの時間でもあった。

前年の二〇一九年の事だったが、九月から十月にかけて三つの台風が千葉県に襲来し、暴風や豪雨によって未曾有の被害を引き起こした。被害を心配しての友人達からの電話が幾つもあったが、倉敷の友人については、翌年の三月末に雇用延長を終えての定年退職を迎えるという件を加えていた。私は父が退職した五十五歳という年齢に合わせて自主的に退職し、大学卒業から続けた三十二年間のサラリーマンを卒業して、小遣い稼ぎの個人事業主として幾つかの会社の委託業務を請け負っていた。また節税と老後の遊び場として、二〇一八年の春に利根川と印旛沼の間に位置するＪＲ安食駅から徒歩十分程の所に、事業所と称して三〜四人の来客が泊まれる小さな隠居小屋を造り、五十坪余りの菜園を耕作していた。そのような経緯の中で倉敷の友人に対して、定年退職を迎える前に千葉に修学旅行においでと誘っていた。そして年が明けての一月三十日木曜日の夕方から三泊四日という日程で修学旅行が実現した。また絶好の機会なので、因縁の旧友たちとも再会しようと、鴻巣に住む友人と水戸に住む友人にも声を掛け、四人集まっての合宿となった。

四人は一九七三年に川越にあった大学の工学部に入学し、同じ応用化学科を専攻した級友である。学生時代にこの倉敷の友人とは浅い付き合いしか無かったが、何故か卒業後も交信だけは続けていた。私と鴻巣の友人は学籍番号が隣り合わせで、必修科目だった化学の実験の相棒であり、当時はカメラという共通の趣味を有していた間柄である。確か二〇〇四年だったと記憶しているが、私が以前勤務していた会社で勤続十年の報賞とかで旅行券を貰ったので、タダで旅行できるからと彼を誘って晩秋の京都と倉敷を訪ね、その時に倉敷の友人と大学を卒業して以来二十七年ぶりに三人での再会を果たした。彼ら二人は下宿が近かったという学生にありがちな理由で交流していたように思う。私と水戸の友人とは同じ同好会に所属していたことと、実家が水戸と郡山ということもあって、卒業後もスキーをしたり出張の折に一杯飲んだりと交友が続いていた。倉敷と水戸の二人は趣向が同じで意気投合していたようだった。三年生の時に二人が一緒に出演した演劇を見た記憶が残っている。この二人の関係の再確認も合宿における一つのテーマと考えていた。

初日にあたる一月三十日に、まずは鴻巣からの友人が一足早く三時過ぎ頃に、一目で自分自身で改造したと分かる軽トラックに乗ってやって来た。前に会ったのは京都・倉敷旅行の時なので十五年余りの月日が経っていた。確かにその年月分の変化はあったものの、お互いの物言いや無遠慮さはそのままに維持されて、持ってきてくれた数々のお土産を積み下ろす間も、風体の変化や近況のあれこれを伝え合った。互いに祝杯を挙げられる体を維持できていたことを何よりだとして、十五年の間の出来事を確かめ合った。

鴻巣からの友人には一足早く風呂に入ってもらい、五時少し前に私の車でＪＲ成田駅から二つ目の安食駅に倉敷からの友人を迎えに行った。三人での再会もまた十五年ぶりである。互いに老化した姿ながらも誤認することなく握手を交わし、何のためらいもなく再会に歓喜して会話を弾ませながら車に乗り込んだ。ちょうど夕陽が地平線に触れ始めた頃で、空はオレンジ色を深めながら、暖かく心地良い夕暮れ時だった。当地の風情を味わってもらおうかと思い、駅の数百メートルばかり向こう側の扇状に取り巻く土手沿いの桜並木の小道をちょっとだけ遠回りした。幸運にも夕焼けを背に美しい富士山の影絵が遠望できた。

この夕暮れの一コマが再会の祝宴における目で楽しむ前菜となった。味わいはどうだったろうか。学生時代から変わらぬ写真好きの鴻巣の友人はこの時もカメラを持参し、駅前の再会のシーンを始めとして黄昏の富士山にもここぞとばかりにシャッターを切っていた。

隠居小屋に到着すると倉敷の友人には、早速に湯船に浸かり遠路の疲れを癒やしてもらった。その間に鴻巣の友人と談笑しながら夕宴の支度をした。呑兵衛ゆえに肴は何でも大丈夫だろうと、庭で収穫した白菜に豚バラを挟んでの電子レンジ蒸しに、ガステーブルの鍋に放り込んだ市販のおでんが夕宴の肴となった。単に同じ学生時代を数年間過ごしたというだけで、再会の興奮と酒の酔いに記憶を呼び戻しながら、忘れていた若き日の逸話や他愛もない思い出話を語り合い、それぞれが持つ主張の弁論を繰り返して、夜更けまで歓談した。四十年余りの月日が流れ風貌を除いて大きく変わったところは何だろうかと、ふと思った。学習の成果なのか老体のせいなのかは不明だが、強引に勧め、勧められるままにがぶ飲みする、といった若い頃の馬鹿な酒の呑み方だけは卒業していた。

翌日の午前は千葉県の東部の芝山にある殿塚・姫塚という前方後円墳、そこの出土品を展示する博物館、そして仁王尊を訪ね、五世紀から八世紀頃の文化を学習し直した。この季節の平日に、この地を訪れる人は稀なようで、行った先々では街自体も閑散としていた。

殿塚・姫塚はそれぞれが陸上競技のトラック程の前方後円墳で、隣接しつつ二重の周溝を有する大きな築造物だった。造営当時は高く伸びた杉林など無く、拓かれた平地の上に飛び出し、周溝には満々と水が湛えられていただろう。その時代の民衆は、さぞやこの巨大さに圧倒されたに違いない。これ程の権力者が千葉の片田舎にいたことに驚かされた。

次に向かったのは、近隣で発掘された埴輪などの出土品が展示されている芝山古墳・はにわ博物館だった。見学しながら、上下アンバランスな人物像の理由、多彩な種類の帽子と職業の関係、化粧に使われた赤はベンガラなのだろうか、などと問い合った。歴史には全く興味が無かった若い頃とは違って、老いて生じた好奇心で、埴輪の形象の特徴や古墳時代の文化、年表なども合わせて楽しんだ。博物館の見学の後は、その用地を提供しているという隣接の芝山仁王尊観音教寺を参詣した。創建が西暦七八一年という天台宗の古刹で、仁王門は前部が畳敷きの座敷というような造りで、仁王尊は暗く奥まったところに控えていた。それとは対照的に雲一つ無い青空に聳え立った三重塔の姿は壮観だった。三層の屋根は四隅に加え、それぞれの壁面を三等分する位置に取り付けられた、四段もの龍の彫り物からなる肘木で支えられていた。どれ程の工期と費用を要したのだろうと、寄進する檀家の篤信を語り合った。

昼を知らせる時報が聞こえたので、どこかで昼食にしようとまずは車に戻り、取り敢えず成田空港方面に向かって走り出した。道中、左手に手入れの届いた植込みを持つ寺院が見え、立ち寄って行けと言わんばかりに駐車場が用意してあったので、車を止めて参拝することにした。30m程の坂道を上って広い庭の右手を見ると、豪農の旧家と表現した方が良さそうな、寺にしては質素な本堂がひっそりと佇んでいた。それでいて何故か近寄り難さを感じて、三人は共に反対側の鐘楼の方に歩調を合わせて向かった。するとそこには普請されたばかりの真新しい山門が出現し、境内への入り方が違っていたことに気付かされた。山門を出て振り返って見ると、左手には稲葉山蓮福寺、右手には真言宗智山派と金文字の寺額が掲げられていた。すると鴻巣の友人は実家の寺と同じ宗派だと言って、山門に向かって手を合わせ頭を下げた。私の実家も真言宗だが、何も知らないので黙っていた。

この友人は陸前高田市気仙町の如意山金剛寺の長男として生まれ育っていた。しかし仏道にはなじめない子供だったようで、早々に両親が仏道に進ませることを諦め、好きな方面への進路を勧めたと聞いていた。自宅を離れて仙台の高校に進学し、川越にある大学の工学部を専攻し、会社員となって一つの会社で職業人生を全うし、退職後は一切仕事に就かず趣味の世界に余生を送っていた。生家の寺は実弟によって引き継がれていたが、二〇一一年の東日本大震災の時に、津波によって流出するという災難を被っていた。二〇一七年の秋に本堂の再建が叶ったとの事で、二月二日に本山である成田山新勝寺に、実弟や檀家の一行が参拝に来ることになっていた。全く都合良くその来訪日とこの合宿の最終日と重なったことから、成田での合流を果たすこともできたようである。私は学生時代の夏休みに、陸前高田の彼の生家を訪れ、一晩か二晩お世話になっていて、その寺の本堂で一泊していた。寺での宿泊の経験はその時の一回限りで、貴重な体験となっている。

安食へ移動する車中で、倉敷の友人が関西風よりも関東風に調理した鰻の蒲焼が好きだと言ったので、混雑が去った地元の川魚の名店で鰻重を食べる事にした。当日は天然ものや特上は品切れだったが、提供された標準品を旨い旨いと満足そうにいち早く完食していた。利根川の堤防沿いにあって祝祭日ともなれば駐車場が溢れる程の人気店なのだが、私自身は進んでは鰻を食べなかったので、この店に入ったのは栄町に在住して二十五年の間に二回きりだった。この店の名前は変体仮名で記され読めずにいて、漸く数年前に店の名前を覚えたところだった。今回を機に、友人の来訪があって鰻を期待する様子がうかがえれば、今後は進んで案内する機会を作り、蒲焼に舌鼓を打つ笑顔を楽しみにしたい。

昼食を済ませると二時を回っていたので、水戸の友人の到着までの二時間弱の合間を、この地の栄町にもある古墳群や古刹を案内して、芝山のものと比較してもらう事にした。一一四基の古墳群の中にあって龍角寺岩屋古墳は特段に大きな方墳で、その日の雲一つ無い青空に聳え立っていた。頂点に立った一本の落葉樹が天に向かって枝を広げていたことで、砂漠の中に立つピラミッドとはまるで違う大和の風貌をしていた。また周囲の雑木林が風の流れを抑え、冬の冷たい尖った空気が温められていたので、初老の爺たちの体を動かし易くしてくれた。互いに写真を撮り合い、古墳と青空の記憶を同時に焼き付けた。

もう一つ形の違う古墳の比較にと、歩いて数分のところにある龍角寺古墳群第一〇一号古墳と名付けられた墳丘を訪ねた。発掘によって出土した一二〇個余りの円筒埴輪を復元して配置されている、直径が約25mで高さが3mを超える円墳だ。殿塚・姫塚は前方後円墳、岩屋は方墳、そしてこの埴輪に取り囲まれた円墳と、それぞれに違った特徴を持つ古墳を見比べてもらった。さすがに古墳と埴輪は見飽きたものと思い、その奥の土手に取り付けられた麓の公園に続く山道を下って、谷間に造られた池の遊歩道を歩くことにした。

10m余り下にある池の畔に着くと、古墳の周りの静けさとは打って変わり、水面は何種類もの渡り鳥によるマーチングバンドの演奏会会場のようだった。七羽隊、五羽隊、三羽隊と様々な編隊で、直進、大回転、小回転にUターンと歓迎の舞を踊ってくれた。池の中の浮遊橋の上から渡り鳥たちの舞を眺め、行動の蘊蓄を述べ合ったり、雌雄の組み合わせの多彩さに驚かされたりした。そろそろ時間かと出口に向かったが、途中に何輪か咲き始めた梅林があったのでちょっとだけ立ち寄り、その日の真っ青な空を蕾をつけた梅の枝越しに仰いでから、人通りのない一軒の農家と野菜畑に挟まれた静かな坂道を上って車に戻った。

水戸からの友人の到着まで時間に余裕があったので、栄町の中で一つの地区名の由来になっている龍角寺を案内した。創建は西暦七〇九年という関東屈指の天台宗の古寺である。惜しくも法隆寺式の伽藍は焼失していて、費用の捻出が課題らしく再建はされていない。直径が２ｍ半もある三重塔の心礎石や仁王門の幾何学状の基礎石群が往時の壮大さを物語っている。立ち並ぶ高さが３ｍ程の石塔のエキゾチックなデザインに興味がそそられた友人は、卒塔婆と同じ形をしていると表現した。ヒンドゥー教の寺院を模したかのような形状でもあり、そういえば卒塔婆とはストゥーパの音訳で仏塔のことなのだから、当たり前のことかと納得した。車に乗り込み帰路についたが、少し時間が残っていたので途中で多宝院という寺に立ち寄った。そこもまた天台宗の寺院だったのだが、倉敷の友人が実家は天台宗の檀家であること、父親の葬儀のこと、宗祖の最澄のことなどを暫し語ってくれた。その間は倉敷の友人が先生、私が生徒となって宗教と歴史の授業となった。

隠居小屋に戻ると間もなく水戸の友人がやって来た。さすがに倉敷の友人が期待していた、四年間お決まりだった紺色のダッフルコートは着てこなかった。ただブルージーンズとスウェードのチャッカブーツは当時と同じファッションで、彼のお気に入りはそのままのようだった。体形は相変わらずスリムだったが、後頭部の肉付きが増していたのと、長髪の代わりに坊主頭に被った毛糸の帽子が大きなファッションの変化だった。倉敷の友人にとっては四十三年ぶりなのに、学生が冬休み後に再会しただけのように、ごく当たり前の挨拶をしている様子は、四十年余りもの時の経過をまるで感じさせなかった。土産として持参してきた水戸の銘酒と干し芋を皆に配ってくれた。それぞれの近況を簡単に確認し合ったので、夕宴はその日の汚れを流してからと、車で五分程の所にある温泉に案内した。

紫茶色でつるつるとした感じの温泉だ。浴槽の窓からは、田んぼの向こうに印旛沼を望むことができる。筋肉が削げ落ちて張りを失って貧弱となった四つの老体は、湯船に浸かるとほどなく加温され、広くなった額や薄くなった頭頂から、それぞれに違った形状の汗を滲み出させた。まったりとした時間が過ぎて、窓の景色は暮れなずんでいった。帰り支度をしてロビーに集まると、大きな窓がスクリーンとなって、印旛の夕景を映し出していた。富士山は何処かと探したら、地平線の際に居座った雲の片隅に、茜色を背景として嫋やかに右肩の陰を見せていた。車を走らせて帰途につくと、残照が湯上がりで上気した皆の左頰を明るく染めていた。ただ運転席からは影法師となった右の頰しか見えなかった。

夕宴は隠居小屋から歩いて十分程の所にある海鮮料理の店で行った。まずはお目当ての生牡蠣、続けて鰯の刺身に金目鯛の煮つけを注文した。風呂上がりの渇いた喉をビールで潤わせ、旬の魚貝で燗酒を酌み交わし談笑した。ただ鴻巣の友人は血糖値を気にして焼酎を飲んでいた。何本のお銚子を追加し、何杯の焼酎をお替わりしたのだろうか。酔いに火照った体を冷気で冷ましながら、星座を眺め蘊蓄を言い、小屋まで歩いた。二次会は水戸の冷酒や持参の缶酎ハイを飲み重ねた。どのタイミングだったのか記憶に無いのだが、水戸の友人から工業高校を受験するという報告がなされ、皆で衝撃を受けた。趣味に生かすためにフライス盤の使い方を学ぶとともに、自身では買えない高価な機械をいつでも使えるようにしたいなどと理由も告げられた。受験資格も大丈夫という事前の調査も行ったとの事で、その活力を間近に感じて昂揚し、日付が変わるまで語り合い続けた。

翌日は朝食を済ませてから、まずは佐原にある伊能忠敬記念館を訪ねた。忠敬は十七歳で当主を失っていた酒と醤油の醸造や貸し金業を営んでいた伊能家に入婿し、伊能家を再興するとともに佐原の名主にもなった、そんな職業人生を有する先人である。四十九歳で息子に家督を譲り、五十歳になって天文学を志し、国土の測量に興味を抱き魅せられて、五十五歳となって江戸以北の測量を開始し、四次四年の測量を敢行した。蓄えも十分にできていたのだろうが、現役引退後は現役の時に抱いた未知の世界の憧れを具現化しようと、趣味に莫大な私財を投入した人物とも言えよう。己の趣味の測量が江戸幕府の事業の一つとなり、六十歳からは御用としての日本地図作成のプロジェクトリーダーとなって、以降六次十一年に亘る江戸以西の測量と地図作成に献身し、七十三歳で生涯を閉じた。我々も知る大日本沿海輿地全図の完成には彼が没してから更に三年間も要し、残念ながら自らの目で完成図を見ることはできなかった。そうであってもさぞかし充実した隠居後の半生を送ったことだろう。これから自らの隠居生活をどのように創造していこうかと思案した。

伊能の足跡を説明してくれたのは椎名さんという我々と同年代かと思われる女性の解説員だった。その語りや諸々の質問に対する豊かな知識に魅了されて、まるで紙芝居に聞き入っている少年達のように、測量と地図制作の物語に聞き入った。隠居前後を迎えた四人の見学者は、没するまでの伊能忠敬の後の半生を知って、入館したときよりも血色の良い顔付きとなって記念館を出た。昨夜の水戸の友人の高校受験計画に相まって、伊能忠敬物語を聞き、修学旅行中の倉敷の友人は何を思っただろうか。四月からは別の会社への就業を予定していた時なので、同級生と先人の二人からの刺激は、新しく始まる生活を前に、心構えや過ごし方に何らかの影響を与えたことだろう。二〜三年の時を経て、四人の中の誰かの修学旅行を計画し、再会したいものである。

伊能記念館の後には運河を挟んで対岸にある伊能家の旧宅を参観し、伝統的な建造物が立ち並ぶ運河の街並みを散歩した。休憩のために入った喫茶店で、コーヒーを飲みながら忠敬の人生と自分たちの今後を語り合った。駐車場に戻り、そこから程近い香取神宮に立ち寄って参拝した。昼時となったので、昼食は鮮魚が良いだろうと銚子に向かった。多くの漁船が係留された銚子港の一端にある漁協直営の食堂に入った。既に一時を過ぎていたので、お目当ての鰯の刺身や幾つかのメニューが売り切れとなっていた。運転手だけはアルコール抜きとなったが、海の見える席でビールで乾杯し、皆で海鮮とろろ丼を頬張った。

次はその少し先の銚子ポートタワーという、高さが50m程の展望台に上がって視界良好なパノラマを眺めた。西には銚子の農地の丘に、北には鹿島灘の海岸沿いに、巨大な風力発電の風車が何機も立ち並んでゆっくりと回転していた。千葉県と茨城県の境となっている利根川の河口を遡ると北西方向の天地の境に筑波山が低く突き出ていた。東の方向は北から南にかけて太平洋が広がり、青空の下に水平線が半円を描いていた。

そこから犬吠埼の灯台に向かった。この日も快晴に恵まれ、真っ青な空に向かって白亜の円筒が突出していた。股関節に問題がある私は階段の昇降が難儀なので、自分は灯台に登るのを控えるが皆には登れと勧めた。しかし、同情してくれたのか灯台には入らずに、周囲を散歩することにした。灯台の基礎の周りには幅が1m余りの遊歩道が取り巻いて、その向こう側は荒波が打ち寄せる岸壁となっていた。暫し眼下の岩場に飛沫をあげている波の舞に見入っていた。ここでもまた半円の水平線が青空と曖昧な境界を作っていた。

銚子での最後の立ち寄り先は地球のまるく見える展望館となった。キャベツ畑が広がる農道を通って、小波に光る屛風ヶ浦を見下ろす小高い丘の駐車場に車を停めた。屛風ヶ浦の海岸は海食によって取り淩われ、50mにも及ぶ断崖絶壁となっている。展望台はこの付近で一番の高台に建造され、展望台のラウンジへはエレベータで昇った。更に屋上への階段を上り、その中心に突起している特設のステージにも登った。そこは海抜が90m程だが視界を遮るものは殆ど無いので、三〇〇度余りの眺望は水平線を挟んだ空と海となっていた。はしゃぎ回るような童心や快活な肉体は失っていたが、それでも頂上に登ったというちょっとした興奮で、その感動を残そうと代わる代わる記念の写真を撮った。

修学旅行の観光はここをもって終了とし、戻る途中に隠居小屋から車で十五分程手前にある成田の温泉に立ち寄り、一日の汚れを落として大きな湯船に浸かり疲れを癒やした。温泉を出てから、合宿における最後の晩餐はフグ料理にしようかと提案し、この季節だけフグのコースも提供してくれる、近所の蕎麦屋に予約を入れてから帰路についた。

フグが初めてという鴻巣の友人は、拒絶まではしなかったが戸惑いを隠せず、身が隠れた唐揚げと慣れ親しんだ鍋の食材を中心に箸を伸ばしていた。三陸地方の珍味をあれこれと吹聴してきたのに、フグに対しては恐れ慄いた様子で、意外な一面を知ることができた。〆のオジヤとデザートのアイスクリームを堪能して、その夜の一次会を終了した。小屋に戻って二晩目の二次会を開始した。またも日付が変わるまで飲んで語り合ったが、残念なことに、何を飲み何を語り合ったのか、記憶が飛んでしまっている。おそらくは水戸の友人の高校受験と伊能忠敬の測量に懸けた半生の刺激に、それぞれが今後の生き方についての模索を絡めて、来る日々について語り合っていたのだろう。

翌朝となって朝食を摂りながらも、前日の興奮が後を引いていたが余韻に浸る時間は僅かだった。別れの時刻が迫りそれぞれに帰る準備をしたら、倉敷の友人を安食駅に見送る時間が到来した。通勤者のいない日曜日の朝の無人駅は閑散としていた。上野に向かう電車の出発時刻は八時三十二分。眩い朝の陽ざしが駅舎に沿ってくっきりとした長い影を伸ばしていた。倉敷の友人は列車の入線を前に皆とそれぞれに握手を交わし、改札をくぐり、列車に乗り込み、手を振って去って行った。そして定年退職前の千葉県への修学旅行が終了した。

人数が減った寂しさを感じながら、四人でやって来た車に三人で乗り込み小屋に戻った。今度は水戸の友人が早々に荷物を車に積み込み、シートベルトをすると、運転席の窓を開けてあっさりと挨拶を交わして、「じゃあ」と右手を上げただけで、出口を左折して静かに走り去って行った。最後に残ったのは鴻巣の友人だった。どこで実弟や檀家の人々と会うことにするのか思案しているようだったが、やがて決心した様子で宿泊の礼を述べ、再会を約束して握手を交わし、三日間停めておいた車に乗り込み、やはり運転席の窓を開け、手を振りながら、ゆっくりと出口を右折して走り去って行った。

同級生の皆が年金を受け取る年齢となった。僅か四年間という限られた時間を一緒に過ごしただけで、後はそれぞれが違った場所で違った仕事をし、それぞれの家庭をもって、大学の卒業から四十三年を過ごしてきた。ある友人のサラリーマン人生の修学旅行をきっかけとして、旧友四人が集まって合宿を行った。次の再会はきっと誰かの修学旅行か卒業旅行の機会になることだろう。これからは動ける体と笑いが溢れる心で生き延びることが課題となる。家の中に閉じ籠もらないで過ごすようにしよう。また来いよ、悪友たち。

合宿後談

三人それぞれから、無事到着とのメールが届き安心した。

合宿の前から弱い咳が出てはいたが、皆が帰っていった午後から熱が出始め、その晩には激しく咳き込んで、衰えてしまった腹筋や背筋がつるほどに悪化した。近所の開業医に診てもらうと、肺に炎症は無いとの事で、解熱剤と幾つかの薬を処方してくれた。そしてその薬で直ぐに回復することができた。

三日間も狭い車でドライブし、唾をかけあいながら大声で談笑していたので、もし自分が新型コロナウイルスの感染者だったらと心配した。普通のインフルエンザだったとしても、もし感染させていたら折角の合宿の楽しい記憶が台無しになっていたことだろう。

一週間程して倉敷から「燦然」という日本酒が送られてきた。「倉敷の玉島（昔は北前船で栄えた港町）にある『菊池酒造』のもので、酒蔵でモーツァルトを聴きながら酵母たちが造ってくれた酒」との事だった。後になって知ったことだが、新型コロナウイルス感染時の症状の一つだという味覚障害に陥っていたので、封を切ったのは二週間ばかり後の、沖縄の同級生と大阪の先輩の来訪時となった。その時に味覚が戻った舌で美味しく頂いた。

合宿から十日ほどして鴻巣の友人から、修学旅行の記念写真のアルバムが送られてきた。巡った旅先のパンフレットや入場券まで写真に撮って添付してくれた。写真が自分でプリントアウトできる時代になったとは言え、何百枚もの写真の中から出来映えの良いものを選び、二〇ページもの台紙に編集し、それを銘々に作って贈ってくれた。趣味とは言えその根気と思い遣りに、驚きとともに感謝した。写真の旅行者達は皺が寄った白髪頭の老人だったが、皆の笑顔には学生時代の天真爛漫さが残されていた。人通りもまばらで枯れた背景が多かったが、妙に温かさに溢れる記念写真のアルバムとなっていた。

三月の半ばとなって六十六歳の受験生からは、工業高校に合格したとのメールが届いた。合宿の会食時に高校を再受験するという告白を聞き、皆が驚き、皆が羨望して、皆が声援を送った。その期待は現実となり、禿頭の爺さんは孫のような子供たちと机を並べるという。終焉に向かうばかりと思い込んでいた薄毛の爺さんは、予想をしていた以上に感動した。その一撃は萎んでしまった脳に、忘れていた快感物質を分泌させてくれた。鴻巣の友人はこの同輩の刺激に触発されてか、ＰＣでＣＡＤを始めたと言ってきた。一体何の作図をしたいのだろうか。残念なのは新型コロナウイルスに対する緊急事態宣言の影響だ。いつから合格した高校の授業が受けられるだろうかと気掛かりでならない。

倉敷の友人からは三月の後半になって、新年度から六十五歳のフレッシュマンとして新たな一歩を踏み出すと挨拶のメールが届いた。そしてその稼ぎを次の再会の旅費とすることなどが述べられていた。年金受給の歳となって養育のための稼ぎは必要なくなると、仕事自体が毎日の楽しみの一つとなる。その稼ぎを使う目的が増えれば、仕事という楽しみは尚更である。お互いに肉体のあちらこちらに摩耗不良が発生しだしているからこそ、出歩けるうちにできるだけ再会の機会を作って、老いを忘れる時間を共有したいものだ。

今回は倉敷の友人の定年退職を記念しての企画として、因縁があったものと想像して近隣県に住む二人の同級生に声を掛けて四人での合宿となった。皆で話しているうちにもう一人の介在者がいることが判明した。想像通り、川越の級友だ。大学と同じ市内に自宅がある地元出身であり、人柄が伴って、地方から出て来た多くの級友から慕われた。私だけでなく皆がそれぞれに彼と交友を持ち、その交友の輪が重なっていたようだ。だから、直ぐに四人のメールの交信に彼のアドレスが加わり五人となった。できれば次の機会には五人で会ってみたいものだ。

大学を卒業して四十三年が経とうとしていた。それぞれ別個に話す機会は何度かあったが、四人での再会は初めてだった。それぞれの仕事とそれぞれの家族の扶養に精一杯、手一杯だった生活から解放されて、漸く時間の都合もつけやすくなったようだ。この再会の因縁を作ったもう一人の重要な介在者も明確となった。酒・山・写真・書籍・音楽・珈琲など、ある時は二人で、またある時は三人での同じ時間を過ごした記憶を共有している。

これらの記憶が消える前に再会の祝杯を挙げ、また新たな記憶を加えたいものである。

ウイルス騒動　《風邪とインフルエンザ》

昨年、二〇一九年の四月のことだった。町の役場からその年度内に六十五歳となる町民に対し、肺炎球菌予防接種に助成が受けられるとの案内書が送付されてきた。肺炎で死亡する老人が増えた事に対する措置のようで、いつしかその対象の一員に加わっていた。十月の誕生日が過ぎて師走を迎えたのでそろそろ接種の時期かと思い、朝食後の散歩がてら近所の小さな開業医の所を訪ねた。受付の窓口に行くと、インフルエンザの予防接種も高齢者補助が受けられる、との掲示がなされていた。二つの接種を一度にできるかと尋ねたら、大丈夫との事だった。費用補助もあるのだからと二種の予防接種を同時に受けることにした。持病の投薬の処方や不具合のある目や大腿骨の定期検査などで、毎月のように病院通いをしているものの、予防注射を受けるのは十数年ぶりだった。僅か数秒の間だったが、懐かしい痛みを感じつつ注射器から薬液が注入されるのを眺めていた。

二〇二〇年を迎えて一月の半ばを過ぎた頃から、中国の武漢における新型肺炎の報道が慌ただしくなっていた。それが新型コロナウイルスであることが特定され、加えて二次感染や三次感染らしき症例も確認されて、我が国への感染も懸念されるようになっていた。

そんな最中の一月の末に、定年を間近に控えた倉敷の友人が遊びにやって来た。三月一日に開催予定の東京マラソンの抽選に外れたので、それに代わる記念の修学旅行の企画だった。その友人の来訪に合わせ、学生時代に交友の深かった水戸と鴻巣に住む他の二人の友人にも加わってもらった。印旛沼と利根川の間に位置しているＪＲの安食駅の近くに、菜園と仕事場を兼ねた小さな事業所を造り、宿泊用として客間も一室用意していたので、そこに集まってもらい四人で三泊四日の合宿を行った。

日中は地元の栄町に加え芝山や佐原、香取、銚子などを巡って、古墳や寺社仏閣、博物館を訪ね、港や海岸を散策し、展望台からは発電の風車や広大な海を眺めた。夕暮れ時には近隣の温泉に立ち寄って、大きな湯船に浸かって疲れを癒やした。初日の晩は事業所の菜園で採れた野菜を使った手作り料理を振る舞い、二日目の晩は近隣の魚介の店で刺身や煮魚で祝杯を挙げ、最後の晩は蕎麦屋が出すフグのコースに舌鼓を打ちながら杯を重ねた。連夜、酔いが回って眠さに瞼が耐えられなくなる深夜まで再会の祝宴を楽しんだ。浦島太郎が竜宮城で過ごした日々に比べれば遥かに短い三日間だったので、四日目の二月二日㈰の朝もお互いの風貌は再会の初日と変わらぬようだった。

その朝も冬の真っ只中だったのに、前日に引き続き例年にない暖かな陽気が続いていた。

朝食を済ませてから「じゃ、また」と皆の帰路を見送った。惜別の思いを片隅に置きながら、寝具をたたみ直して押し入れに仕舞い、朝食で使った四人分の食器を洗った。一休み、とコーヒーを淹れて椅子に腰かけたら、途端に気怠さと悪寒に襲われてしまった。どうした事かと体温を測ってみると三六度九分だった。平熱よりは五分ほど高いだけだったが、ますます体が重くなり動くのが辛くなった。旧友との別れによる感傷で微熱が出たのかとも考えたが、そこまでの喪失感を抱いたわけでは無かった。それよりは数日前からの時折やってくる咽せ返るような咳の方が気になった。風邪の悪化かと疑った。

その日の体温は三七度前後で維持されたものの、咳の辛さは治まらなかった。海老反りするような激しい咳で夜中に何度も目を覚ました。翌朝は就寝前よりも疲れがひどく節々も痛かったので、月曜日で仕事が入っていたが休みにした。健康診断で休むことはあったが、病気で休んだ事は十年以上も無かった。更に翌日の火曜日も状態が変わらず休みとした。夕食を済ませて熱を測ると、何と三八度九分にまで上昇していた。しかしそれ程の高熱と感じることは無く、むしろ激しい咳による疲れが支配的で、食べて寝ている分には支障は無かった。さすがに水曜日の朝になっても三八度九分と熱は下がらず、咳も治まらないので、治療を受けようと決心した。予防注射をしてもらった開業医の所に電話し、症状を伝えたら、待合室に区分けがあるのですぐに来院しても大丈夫だと受け入れてくれた。

当然新型コロナウイルス感染者との接触について質問されたが覚えが無いと答えた。ただ職場で咳をする社員が多くいたこと、二週間前から咳が出始めピークを迎えていることを付け加えた。体温を測り高熱があること、聴診器では気道には雑音が無いこと、簡易検査ではインフルエンザでは無いようだった。であれば何？　医者はこの疑問に答えてくれなかったが、抗菌剤、解熱剤、鎮咳剤、抗ヒスタミン剤、去痰剤と五種類もの薬を処方してくれた。咳は少し残ったものの解熱剤がよく効いて平熱まで下がり、節々の痛みもとれた。早速その夕方に熱燗で体を温めてみたが味わいが無く一合で十分だった。

倉敷の友人からは帰って三日後の二月五日㈬に〝修学旅行〟に対するお礼のメールが届いた。そこには倉敷の銘酒でモーツァルトを聞かせながら醸造しているという、菊池酒造の『燦然』という銘酒を送ったと追記されていた。品物は七日㈮に届いたので返礼のメールをし、新型コロナウイルス症状『似』の風邪に罹ったことや、回復中にあって〝**如何なる銘酒も美味しさを感じない舌**〟となっているという経過を付け加えた。

三月も下旬となると、新型コロナウイルスに感染して味覚や嗅覚障害が起きたという事例が多々報道されるようになった。新型コロナウイルスに感染していたのかも知れないと思ったりしたが、回復して原因究明は不能となっていた。たとえ新型コロナウイルスの感染で無かったとしても、高熱や咳だけでも老体には相当辛いものだった。もしも肺炎にでもなっていたら、旧友の修学旅行随行の後は、自らの冥土への旅になっていたかも知れなかった。倉敷の友人をはじめ水戸の友人も鴻巣の友人も、私からの感染は無かったことが確認されたので、終わりよければ全てよしということで納得することにした。

これまで長いことインフルエンザに罹っていなかったので、風邪とインフルエンザの区別さえ知らないで過ごしてきた。今回の罹患の機会を得て『風邪』と『インフルエンザ』と騒動となった『新型コロナウイルス』について調べてみた。早速インターネットで幾つかのサイトをあたったところ、それらはウイルスの違いであることが判明した。ならば『風邪』とは？『インフルエンザ』とは？『新型コロナウイルス』とは？次の疑問だ。

『風邪』というのは病名ではなく、正式には『風邪症候群』と言うそうだ。『(普通)感冒』とも呼ばれていて、ウイルスが鼻、喉、気管といった呼吸器系に感染して起こされた症状とのことだ。風(空気)によってもたらされる邪悪なもの、というのが『風邪』の語源のようだ。二〜四日の潜伏期間の後に鼻水、くしゃみ、咳、喉の痛みといった症状がゆるやかに進行し、三八度を超えない微熱で済むことが多い。但し細菌に二次感染して悪化してしまうと、気管支炎、肺炎、脳症などの合併症を起こすことがある。大抵の場合は五～六日で回復するが、自覚症状が出ないまま治ってしまうこともあるようだ。

『風邪』の病原体はライノウイルス、アデノウイルス、ヒトコロナウイルスを代表として200種類以上もあるようだ。ライノウイルスとは、大きさが20㎚程度で、ゲノムはRNAに配列されている。百種類以上の血清型（抗原構造の違い）があってワクチンの開発は難しいようである。アデノウイルスは直径約80㎚の正二十面体の球形粒子をしており、エンベロープは持たない。こちらの血清型も五十種類もあって、ゲノムは直鎖状二本鎖のDNAだ。ライノウイルスとアデノウイルスでさえこんなに違うのに、症状から一括して『風邪症候群』に属するのだから素人には理解が難しい。

一方の『インフルエンザ』は『流行性感冒』とも呼ばれていて、インフルエンザウイルスによって引き起こされる症状である。風邪に比べ潜伏期間は一～三日と短く、三八度を超える高熱、悪寒、頭痛、全身倦怠感、筋肉痛といった症状が急激に進行する。咽頭痛、鼻汁、鼻閉、咳、痰などの気道炎症状の他、腹痛、嘔吐、下痢といった胃腸症状を伴う場合もある。肺炎や上気道の細菌感染症などの合併症を起こすこともあり、六十五歳以上では感染すると重症化しやすく死亡リスクが高いというのが特徴のようだ。

インフルエンザウイルスは、抗原の違いでA型、B型、C型の三種があり、大きく脂質でできたエンベロープという膜を持っている。ゲノムはRNAであり、サイズは100nm前後と風邪ウイルスより大きい。A型とB型は毎年冬期に流行を繰り返しているが、A型は変異しやすく世界的な大流行を起こし、ウイルスに対する免疫の持続が短い。これに対しB型は流行の規模は小さく地域的な流行の場合が多い。また遺伝子がかなり安定していてウイルスに対する免疫はA型よりは長く持続する。脂質のエンベロープは石鹸やアルコールで溶けるのでウイルスは無害化する。他方C型は季節性がなく四歳以下の小児に感染しやすいが、免疫は長期間に亘って持続し一度罹ると一生持続する場合も多い。

要はウイルスには色々な種類がいて、それによって引き起こされる症状や、抗体の出来方や持続力、感染の仕方や変異の程度が異なり、結局は違った薬やワクチンが必要で、それらを作る難しさも異なるということだろう。ならばどんな種類があるのかと調べたところ、一本鎖DNA、二本鎖DNA、プラス一本鎖RNA、マイナス一本鎖RNA、二本鎖RNAに大別され、それぞれエンベロープの有無での分類だった。DNAはデオキシリボ核酸でアデニン、グアニン、シトシン、チミンで構成され、RNAはリボ核酸でチミンの代わりにウラシルで構成されていることは知っていたが、一本鎖DNAは知らなかった。

ＲＮＡのリボ核酸はウラシルを取り入れていたのに対し、ＤＮＡは二本鎖になった時に五炭糖の一つのＯＨ基の酸素を取りＨとして、より修復しやすいチミンで置き換わったらしい。ＤＮＡのＲＮＡからの進化という物語であり、生物の体内ではＤＮＡの遺伝子情報をＲＮＡの複製機能を使って伝達しているという。ウイルスはＤＮＡかＲＮＡのどちらかしかなく自己増殖ができないので、ＤＮＡウイルスは細胞の核に移送されると宿主の合成機能を使って複製し、ＲＮＡウイルスは細胞質で複製をつくる。この複製の過程に違うものがあり、プラスとかマイナス、あるいはレトロなどという分類がなされているようだ。

ウイルスとは情報媒体であって生物ではないが、結果的には細胞の中で日常とは違う不必要なエネルギーを使わされる。それとともに免疫防衛隊が遮二無二反撃を試みてしまうので、結果的には病原菌や毒と同じように反撃法に見合った症状が出てくるのだろう。

感染後にウイルス複製の反撃を効率的に行うのが治療薬で、ウイルス進入時に初動抑制を行う抗体産生を促す薬がワクチンということになるのだろう。今回の騒動は『新型コロナウイルス』だ。じゃあ既存のコロナウイルスとはどんなウイルスなのだろうか。

コロナウイルスの特徴は表面のエンベロープに太陽の光冠のような突起を持ち、大きさが１００〜２００㎚程のプラス一本鎖ＲＮＡだ。風邪の病原体としては四種が確認されていた。風邪の原因の15％程度を占め蔓延しているが重篤化しないのが特徴だ。対照的に残りの二種が厄介物で、二〇〇二年に発見されたＳＡＲＳ（重症急性呼吸器症候群）と、二〇一二年に発見されたＭＥＲＳ（中東呼吸器症候群）だ。両方ともにワクチンは無いので罹患したら対症療法しかない。日本では感染者がいなかったので、その感染を判別するＰＣＲ（ポリメラーゼ連鎖反応）検査の経験や体制の確立は疎かだったようだ。

ＳＡＲＳの病原体はSARS-CoV、ＭＥＲＳの病原体はMERS-CoVと記されるが、新型コロナウイルスはSARS-CoV-2と記され、ＳＡＲＳ関連コロナウイルスでエンベロープを持つプラス一本鎖ＲＮＡウイルスだ。新型コロナウイルスは本元のＳＡＲＳウイルスより致死率は低そうだが、桁違いに感染力が強く世界的にも流行した。いずれにしてもＲＮＡウイルスなので、地域や時期によって変異が起きやすいと思っていたが、実際にそのような違いが観察され始めたようだ。

一月の始めに確認された国内初の感染者から始まり、二月始めのクルーズ船、ダイヤモンド・プリンセス号の乗客・乗員における感染対応、三月の感染者急増を受けての緊急事態宣言がなされ、その措置期間は四月七日から五月六日と発表された。どれ程の効果を見せるか分からないが、スペインや米国のような感染爆発を避けたいものである。新型コロナウイルスは脂溶性のエンベロープを有するので、石鹸やアルコールで破壊されて無害化できる。日本人は上水設備が整った環境に住み、小さい時から手洗いとうがいを習慣化し、マスクを付けることに慣れている国民である。何日後か何カ月後かに他国よりは感染拡大が穏やかであることを期待している。

治療薬の開発は難しいと思われるが、ＲＮＡなので紫外線や高熱で容易に破壊されるだろう。紫外線ＬＥＤ搭載の空気清浄器や高温加熱温風機などのウイルス破壊型家電などが発売されれば普及するだろう。ＯＨ分極トラップフィルターやアルカリ水溶液水洗による空気清浄器も考えられる。飲酒用のアルコール濃度では効かないようで残念である。

一方でこの新型コロナウイルス感染によって、我が国の色々な後進状況も明白となるだろうし、諸外国との貿易や人の移動が制限された時の弱みや強みも見えてくることだろう。特に判子による承認制度や面談を当たり前とした文化の負の部分が明確化され、ＩＴ化の後進性やネットワーク網の脆弱性が顕在化するだろう。

酒に冒されて縮んでしまったような脳だったが、新型コロナウイルスとの遭遇で刺激を受けてみたら、未だ知的な欲求を失っていなかったことが確認できた。感染の終息まで人々の挑戦を期待を持って眺めていきたい。新たな体験は病気の感染でも面白い。

貸し農園　《出会いと別れ》

二〇〇八年の末をもって、大学を卒業してから三十二年近く続けた、サラリーマン生活を卒業した。五十四歳の誕生日から二カ月後だった。父は五十五歳で定年を迎え、それからの四半世紀を趣味や交友の日々で楽しく過ごした。そんな父の生き方が憧れでもあり、職業人生以降の模範でもあった。当時は四日市にあった半導体メモリ会社に勤務していた。

当初の構想は海釣りを始め、釣ってきた魚を捌けるようにするため、上野の調理学校に通い、和食コースを学ぼうと思っていた。しかし、前年に起きた米国金融危機の後遺症が残ったままで、株価下落や円高による外貨預金の目減りに遭遇していたので、支出が嵩む趣味は断念せざるを得なかった。経費が少なくて済む代替案が野菜作りだった。

退職することを伝えていたある知人から、自分の会社でアルバイトとして太陽光発電の技術マーケティングをしないかとの誘いがあった。真空ポンプや排ガス処理装置を取り扱う、外資系メーカーの日本法人で、新規市場におけるビジネス機会の拡大を標榜していた。勤務地も自宅から車で小一時間程の所であり、種苗や機材購入の原資稼ぎに好都合と受諾した。まずは一年間の請負業務として契約し、同時に個人事業主として開業した。

翌年の二〇一〇年には請負契約が更新され、マーケティングの対象分野はフラットパネルディスプレイや半導体も加わったりしたが、土日と祝祭日は休みであり休日はのんびりと過ごせた。その翌年には他にもう一社からの業務委託依頼があって、一社目の契約は週三日に減らして貰った。二社目の仕事は月に数日だけだったので更に時間的な余裕が増した。

自宅は千葉県成田市に隣接する栄町という田舎町で、橋を渡れば茨城県という利根川と印旛沼の間に位置していた。それまでは自宅の庭の隅を耕し、軒下にプランターを置いて、細々と野菜作りを楽しんでいたが、もう少し広い土地で耕作してみたくなった。そんな折に、東金市に位置した千葉県立農業大学で週末に農業準備講座というものが無料で開催されているのを知って早速応募した。十五名の枠に対して最初の選考では落選してしまったが、辞退者が出たとの事で運よく繰り上げ合格となった。期間は五月から七月までの各週末の一日で、十日に満たない日数だったが、意義深い体験をする事ができた。

「農業は農耕を事業として収入を得ることです。往々にして男は耕作のことにしか興味を持ちませんが、年間の事業計画を立て、収穫し仕分けし包装・梱包して、出荷して入金するまでが仕事です」と、最初の講義で諭された。農業準備講座なのだから当然の内容であったが、趣味として参加した自分の動機の不純さを思い知らされるとともに、個人事業主としての心構えも同時に認識させられた。

ならば農業は個人事業における新規事業分野の候補として捉え、実践訓練に勤しんだ。農業準備講座を終えて暫くすると、利根川を挟んだ茨城県の稲敷市では、市民に限らず農園を貸し出しているという話を耳にした。早速に現地を見学し、八月下旬に新利根庁舎を訪ねて貸し農園の賃貸手続きを行った。１００㎡が一区画で賃料は月額三百五十円だという。あまりの安さに驚きながら、それではと二区画を借りることにした。

自宅からは道のりで20㎞弱、車で25分ほどの所だった。空が澄んでいれば、往きには朝陽に照らされた青い筑波山を、帰りには茜色の夕空に富士山のシルエットを眺めることができる位置関係だった。雄大な利根川の流れや河川敷の眺望も加わって、往復するだけで季節の移ろいを感じることもできた。

この貸し農園はラグビー場のような広さで六十区画を有していたが、平日に他の耕作者が来ることは稀で、まるで貸し切り状態だった。最初に借りたのは47番と48番の二区画だったが、途中で隣地の49番が空いたので追加した。

私より先に耕作をしていたのは僅か十二区画で、六人の中高年男性、二組の同年代の夫婦、一組の市役所職員数名、一組の中国人青年達だけだった。

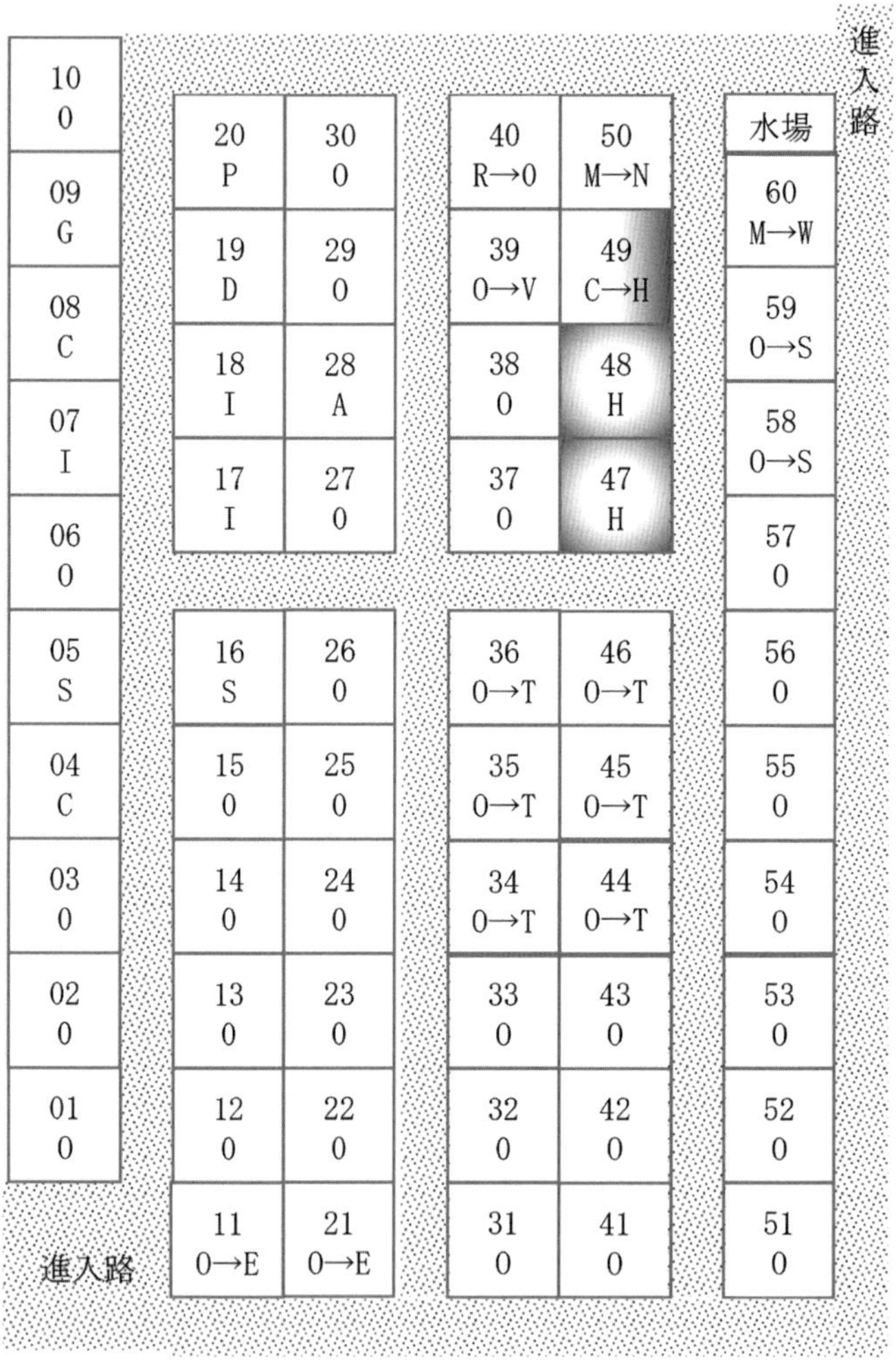

進入路
10 0
09 G
08 C
07 I
06 0
05 S
04 C
03 0
02 0
01 0
20 P
30 0
19 D
29 0
18 I
28 A
17 I
27 0
16 S
26 0
15 0
25 0
14 0
24 0
13 0
23 0
12 0
22 0
11 0→E
21 0→E
40 R→0
50 M→N
39 0→V
49 C→H
38 0
48 H
37 0
47 H
36 0→T
46 0→T
35 0→T
45 0→T
34 0→T
44 0→T
33 0
43 0
32 0
42 0
31 0
41 0
水場
60 M→W
59 0→S
58 0→S
57 0
56 0
55 0
54 0
53 0
52 0
51 0
進入路

最初の作業は夏枯れもせずに元気に根を張り育っていた雑草との奮闘だった。草を刈り耕起して根を掘り起こし、固まった土を鍬で解すことで、まるで荒地の開墾作業だった。幅1m、長さ5mを畝の単位として、一日あたり二畝を目標にして黙々と作業した。延べ二十日の開墾作業という見積もりだった。天気に恵まれ、週に平均三日間充てたとしても七週間はかかる。確かにその程度の日程を必要とした。最初の二畝はジャガ芋、次の二畝はインゲンと、耕しては畝を立てて種を蒔いた。

作業を始めるようになって間も無く、7番と17番の二区画を借りていた方が声を掛けて、牛糞の購入先を紹介してくれた。地元の出身で土地の言葉を使い住居も職場も近隣で、この地域の人や事情にも詳しかった。数日して四トンダンプ車がやって来て満載した牛糞を下ろした。その量は一区画の四分の一程を占め、1m余りの小山となるほどだった。値段はたったの六千円と、ホームセンターで購入する袋入りの物に比べ百分の一にも満たなかった。収益を得るなら大規模でなければコストが下がらないことを実感した。

十一月になると、インゲンが鞘を付け、水菜や野沢菜も収穫できるようになった。十二月になり大豊作のジャガ芋を掘った。年が明けて地表が凍結するようになったら寒起こしだ。畝立て、施肥、種蒔き、苗植付け、除草、収穫と季節毎の作業の繰り返しが始まった。

二〇一一年の三月十一日は金曜日で、午後の貸し農園で作業しているのは私一人だけだった。突然にけたたましい鳴き声とともに雉が右前方の草むらから飛び出して来た。間髪を容れず地鳴りとともに激しい振動に襲われ、ただその場で鍬を支えに立ち尽くした。目の前に停めておいた車が上下に振動し、その目線の先にあった引き込み用の低い電柱に張った一束の電線がグルグルと縄跳びの縄のように回転を始めた。

幸いにも当地の近隣では軽微な被害で済んだが、郡山の実家は屋根の瓦が崩れ落ちた。この時は寝込んでいた父も驚きを見せたという。雪路走行の心配が薄れた季節となり、車で見舞いに行こうと思った矢先に震災で常磐高速道が不通となってしまった。五月十四日になって寝顔だけは見てきたが、翌日の十五日の日曜日に亡くなった。八十六歳を迎える二カ月前だった。作った野菜を届けられたのは前年十二月の一回だけだった。

その春頃からは先に農園を借りていた人達が耕作に来るようになり、挨拶を交わす機会が増えていった。それぞれに耕作の仕方も耕作物も違っていた。隣地は近所の事業所で働く中国人数名が耕作し、自分たちが食べるためのチンゲンサイやサイシンなどの葉物野菜を作っていた。東北震災での原発事故による放射線を心配して帰国したのか、作業に来る姿が無くなった。翌年も放置されていたので、二〇一三年から追加で借りることにした。

入り口の所の二区画を借りた夫婦はメロン作りが専門だった。一区画には温室を用意し支柱を立てた縦型栽培を、もう一区画ではビニールトンネルによる地這い栽培をしていた。午後の作業を終えると持参した折りたたみ椅子に腰を下ろし、二人でゆったりと煙草をふかしていた。二〇一四年だったろうか、メロンの栽培がなされなかった。暫くして奥さんが一人でやって来た。旦那さんが癌で亡くなり、どのように片付けるか見に来たと言った。

5番と16番の借主は、春になると2mくらいの幅広のビニールトンネルを作り、スイカの苗を植えて、梅雨明けには収穫するような促成栽培に長けていた。同様に唐黍もいち早く栽培し、私のものより一カ月は早く収穫していた。耕作歴も年齢も少しだけ先輩で、落ち着いた口調で知的に話す紳士で、顔を合わせた時には作物の出来具合を話し合った。

20番の借主は数歳年上のあっけらかんとした方で、農耕は好きではないと言っていた。たまに来ては草取りと植付けをしていたが、収穫をしている姿は稀だった。来ると必ず水場で車を拭いてきれいにして帰って行った。そちらのほうが好きで趣味のようだった。

19番の借主は近所からやって来る、私と同世代の夫婦だった。几帳面で丁寧に耕作し、栽培されている野菜の育ち方も綺麗だった。奥さんに作物の出来の良さを褒めたら、作業をしている旦那さんを見ながら、普段からの仕事の真面目さを自慢して大きな声で笑った。

9番と28番の二人は黙々と耕作し、黙々と収穫して帰って行くタイプで、他の人達と話している姿を見たことが無かった。私も水場の辺りですれ違う時に挨拶する程度だった。

二〇一四年頃に新規の耕作者が加わった。畑道を挟んで向かいの59番を借りた。私より三つ四つ年上の方で、面積が広く賃料が安いというのが魅力のようで、わざわざ成田市よりも更に向こうの佐倉市から来ていた。その農法は独特で雑草を伸ばし放題とした自然農法だった。しかし収穫は悪くなく、作物によっては私よりも優れていた。雑草により地表の乾きが抑えられることや、害虫の飛来を防ぐ効果もあることが見て取れた。

その翌年には八十歳を超した老夫婦がやって来た。菜園としてここの土質は固かったので、貸し農園の南西側に隣接した土砂運搬業の方に頼んで柔らかい土を盛った。軽トラで来るのだが、真ん中の畑道を通る時に奥さんは左側の窓を開け私に小さく手を振った。その姿はパレードの時の先の皇后妃のようだった。残念ながら二〇一六年の暮れに亡くなった。ご主人は一人で来て作業していたので、私の持参する電気ポットで沸かしたお湯で、一緒にコーヒーを飲んだりカップラーメンを食べたりした。二〇一八年のある日、隣接の運送業の方が会葬の返礼品を持ってきた。娘さんが生前のお礼にと届けてくれたそうだ。

種苗や肥料あるいは支柱などの耕作用具が必要な時には、車で五分程の所にあるホームセンターに行き、その時には手前にあった牛丼屋へ立ち寄った。そして何度か通ううちに、平日にだけ働いていた二人のパートさんと挨拶するようになった。当時は小学生か中学生がいる四十歳前後の主婦のように見えた。大きなカボチャを幾つか収穫して、遅い昼食を牛丼屋で食べてから帰ろうとした時だった。客がまばらだったので「カボチャ、食べますか」と尋ねたら「ハイ」と言うので差し上げた。以来、余るほどの収穫の時はそれらを土産に昼食に行った。ただ注文するのは牛丼よりも鮭定食の方が多かった。

二〇一七年から菜園付き事業所造りを計画し、翌年の五月に住居と同じ町内でＪＲの安食駅から徒歩十分弱の所に完成した。稲敷市の貸し農園の賃貸は二〇一九年の三月末までとして、事業所内での菜園造りを開始し、三十種類余りの作物を手掛けた。せっかくの菜園の収穫物だが流動食だけの母には無用となり、そしてその年の九月に母は逝ってしまった。

いつもより早い春を迎えた二〇二〇年の三月に自転車で稲敷の貸し農園まで行ってみた。もちろん牛丼屋へ立ち寄った。前年の暮れに立ち寄った折に、パートさんの一人が掛け持ちしているもう一つの仕事を辞めたと言っていた。そしてこの日が牛丼屋の仕事の最終日だった。お子さんが大学を卒業するので、自分は「子育てからの卒業です」と伝えられた。

この貸し農園では、農作物を作るだけでなく、色々な人々との出会いと別れを経験した。

月	4　5　6　7　8　9　10　11　12　1　2　3
ジャガ芋	▲▲・・●●　　▲▲・・●●
里芋	▲▲・・・・・・・●●●●
山芋	▲▲・・・・・・・・●●●●
インゲン	▲▲・・●●　　▲▲・・●●
枝豆	▲▲・・・・●●●●●
エンドウ	・・●●●　　　　　▲▲△△・・・・・
落花生	▲▲・・・・・・・●●●
大根	・●●　　　　　　▲▲・●●●●▲▲・・
白菜	▲△・・●●●●
水菜	▲▲・●●　　　　▲▲・●●●
小松菜	●●●　　　　　　▲▲・●●●▲▲・・・
法蓮草	●●▲・●●　　　▲▲・・●●▲▲・・●
キャベツ	▲△・●●　　　　▲△・・・●●●●●●
レタス	△・・●●　　　　▲△・・●●●　　　▲
ブロッコリー	▲△・●●　　　　▲△・・●●●
牛蒡	▲▲・・・・・・・●●●●●●●●●
人参	・●●▲▲・・●●▲▲・・●●●▲▲・・
生姜	▲▲・・・・・●●●●
ニンニク	・・・●●　　　　　▲▲△△・・・・・・
玉葱	・・・●●　　　　　▲▲△△・・・・・・
長葱	▲▲・・・●●●●●●●
茄子	▲△△・・●●●●●●●
トマト	▲△△・・●●●●●●●
シシトウ	▲△△・・●●●●●●
ピーマン	▲△△・・●●●●●●
胡瓜/黄瓜	▲△△・・●●●●●
青瓜	▲△△・・●●●●●
西瓜	▲△△・・・●●●
南瓜	▲△△・・・・●●●●
オクラ	▲△△・・・・●●●●
トウモロコシ	▲▲△△・・・・●●●

▲種蒔き
△苗植え
・育成
●収穫

色々の卒業　《子育てからの卒業》

多くの人々は、小学、中学、高校を卒業するとともに、それよりも長い期間を要する子育てからの卒業を経験する。更に長い期間となる事があるのは仕事であろう。私の場合は三十年間の子育てと三十二年間のサラリーマン人生からの卒業を経験しているが、その後も個人事業主とし仕事を続けており、職業人としてはいまだ在職生である。

学業人生としては高校の後に、工学部の応用化学を卒業した。四十歳台の半ばとなって生理学、心理学、経済学、歴史などを学際的に学ぶ人間科学部に興味を持ち、在職中に四年間学んで五十歳で卒業した。卒業要件は一般の大学と同じなので、一三〇程の単位を取得した。通信制だったが、週末に用意された面談授業を積極的に利用し、授業後も級友や先生との交流を楽しんだ。四年間に及び、妻は二人の子育ての他に、学生の面倒見が加わったが、その献身には今もって感謝している。大学以外にも仕事の守備範囲の拡大を目指し、電気科や英会話の夜間学校にも通い、卒業したものもあり挫折したものもある。

子育てでは年の差が五つある男の子二人を経験し、幼児期に於いては毎晩の風呂入れや、戸外での散歩や週末の外出、あちこちへの家族旅行などの時間を楽しんだ。しかし次男が小学生となった頃からは、放任というか放棄のような子育て状況だった。自らの仕事や交友に多分の時間を割いてしまい、子供たちとの共有時間は僅かとなって、父親として及第点を貰えるかは甚だ怪しい。

ともあれ、長男は一浪はしたものの物理学部を卒業してサラリーマンとなり、次男は教育学部を卒業して高校の教員となった。次男は正職員になるまで大学卒業後に三年間の支援を要したので、長男の誕生から次男の自立まで、通算すると子育てに三十年間という月日を費やしたことになる。二〇一六年の春に至り、息子二人の経済的な自立が確認できたことで、最低点ながら子育ての義務からの卒業が許されたものと自己評価している。

二〇〇九年に開始した個人事業は、一年を経て仕事の仕方にも慣れ、収入は半減したが余裕のある休日を持てるようになった。二十歳台半ばから趣味の一つとして、庭の一隅を利用して野菜や花卉の栽培を始めたが、今度は庭より広めの土地を耕作して、種々の野菜作りをしたくなった。二〇一〇年の春頃だったが、偶然にも東金にある千葉県立農業大学が開催する、農業就労希望者向けの農業準備講座を無料で受講できる事を知った。早速に応募し、五月から七月までの週末に農耕の基礎を学ぶ機会を得て全ての講座に参加した。

農業準備講座を修了した直ぐ後に、これまた偶然にも茨城県の稲敷市が市営農園を市民以外にも貸し出していることを知った。利根川を渡って隣県となるが、印旛郡栄町の自宅から車で二十五分もあれば行ける所に位置していた。一区画が１００㎡もあったが、賃料がひと月あたり三百五十円と安かったので二区画を借りた。年央だったので、まずは半年間の契約をして耕作を始めた。夏の陽ざしに乾いた粘土質の土壌は、鍬の刃が入らないほど固かったので、スコップで掘り起こして畝を立てた。そんな地質なのに、適当に蒔いたインゲンや法蓮草の種はすぐに発芽して順調に育ち、霜が降りる前頃から収穫をすることができた。初めての経験となった秋まきのジャガ芋も、期待を超えて大豊作となった。

二〇一三年の春からは、自営の事業で報酬に連動させて拘束日を減らすことができたので、殆どの木曜日と金曜日の耕作も可能となった。週末にだけ行っていた時の昼食は、農園の真向かいの物産展や、近くのコンビニで買ったお握りやパンで済ませていた。平日にも農園に行けるようになってからは、車で五分程の所にある牛丼屋を利用することが増えた。それまでも牛丼屋の斜め向かい側にあるホームセンターで肥料や資材の買い物の折に、何度か立ち寄った事はあったが、週末の昼食時は混んでいることが多かったので、牛丼を食べるだけの立ち寄りだった。平日に行くようになってからは、遅めの朝食でもお世話になりだした。牛丼屋とは言え諸々の定食やカレーライスなどもあってメニューは豊富だった。朝食を食べるようになってからは、鮭定食が何よりの好物となった。ご飯が特に美味しく、塩鮭や焼き海苔との相性が抜群だった。

平日にはいつも友人関係にあるような二人の女性の店員さんが働いていて、しばしば訪れるうちに顔なじみとなり、挨拶を交わすようになった。一人は主に厨房で盛り付けを担当し、もう一人はホールで注文取りや配膳を担当していた。出会った頃の二人はともに、小学生の子供がいるような年齢に見え、それぞれに顔立ちの整った別嬪さんだった。あるとき、採れ過ぎた野菜を受け取ってもらえるか尋ねてみたら、喜んでとの返事を得たので、時々収穫した野菜を手土産として持参するようになった。パートタイマーとして働いていることは確かだったので、買い物の軽減にでもなれば良いという気持ちだった。

ここではホールを担当していた方をF枝さんと呼んでおこう。F枝さんとは注文や配膳の折に、天気や近隣について簡単な会話もするようになった。あるとき牛丼屋の仕事の後に、国道を挟んだ向かい側にあるラーメン店でパートの掛け持ちをしていると話してくれた。生家のある郡山に行ったある日の帰りに、一度だけそのラーメン店に立ち寄ったことがある。どのラーメンにするか迷っていると、あっさりとした味のものが良いだろうと一品を勧めてくれた。牛丼屋で私がしばしば注文した品から、嗜好を配慮してくれたことに対し、この上もない嬉しさを感じた。残念ながらそれ以降にF枝さんの働くラーメン屋に行く機会が持てず、二度目のラーメンを味わうことができずにいた。

そんなこともあって少しだけ親しさが増したので、手土産として季節毎の野菜の他に、出張先や帰省先の名物を加えた。しかし二人については名札に書かれた苗字以外に知ることが無いままに五年が過ぎていた。そして二〇一八年は稲敷市から農園を借りる最後の年となってしまった。それは前年の二〇一七年から個人事業主として、事業所の開設準備を始めていたからである。ＪＲ成田線の安食駅から徒歩十分足らずの所に、菜園の耕作も可能な土地を購入し事業所の建設を発注して、二〇一八年春の開所を目指していた。

そんな移行期の二〇一八年の始めだったろうか、あるテレビ番組で茨城県のラーメン店を紹介する企画が放映された。テレビのスクリーンに映っていたのは、何とF枝さんがインタビューに答えている場面だった。思いの外、大きな声でしっかりと受け答えしている姿を見て、それまで勝手に描いていた印象とはかなり違っていたことに驚かされた。しばらくして牛丼屋に行った時に、F枝さんにはいつもの挨拶に加え、テレビで姿を見たことを伝えた。「女優の仕事もしているのですね」と冗談を言ったら、今までには無い打ち解けた表情をして大きな笑い声が返ってきた。

二〇一八年の初冬に最後の収穫を済ませると、稲敷の農園での作業は残っていなかった。賃貸の期限は翌年の三月まで残っていたが、次の作業は事業所の菜園に移行していた。週に二~三日は稲敷の農園で過ごし、耕作の合間に筑波山を眺め、帰り道には夕空を背景にした富士山を眺めた。農園で知り合った人々と、耕作物の品種や出来具合を話し合ったりしていた。頻繁にホームセンターに行き、農耕用資材や肥料などを買った。お馴染みとなった牛丼屋では、鮭定食を美味しく頂き、挨拶は「いらっしゃいませ」から「こんにちは」へと変わった。八年余月の間にそれら全てがありふれた日常に変わっていた。

日常となった事柄の変わり目を迎えるに至り、卒業や転職、あるいは引っ越しの時と同じように、友人や住居、見慣れた街並みや景色との惜別を感じずにはいられなかった。だが次の多忙さが感傷に浸る余裕を制約し、やがて新たな日常を作っていく事を幾度か経験してきた。実際、二〇一九年になってからは、安食の事業所における夏野菜の植付け前の耕作に加え、庭木や花の植付けに追われて、日常の場が新たなものに変わりつつあった。

稲敷の農園の最後の収穫から、一年ばかり経った穏やかに晴れた年末のある日に、懐かしさが湧いてきて、サイクリングがてら牛丼屋に行って昼食を食べ、その近くに仕事場がある、農園でお世話になった方を訪ねてみようと思った。そこへ向かう途中に道の駅に立ち寄って手土産を買い、昼前に牛丼屋を訪れた。かつてのようにF枝さんに鮭定食を注文し、手土産を渡して自転車で来たことを伝えた。注文の時だったか配膳の時だったかは定かではないが、お子さんが高校を卒業し就職が決まったので、ラーメン店の方の仕事を辞めることにしたと伝えられた。予期しない事柄を不意に告げられたので、何と答えて良いか分からず戸惑ってしまった。その日は、ただ「ご馳走さま」と別れの挨拶をして店を出た。予定していたようにお世話になった知人と農園を訪れてから事業所に戻った。

その秋の事だったのだが、九月に来襲した台風15号が千葉県に大被害をもたらしたので、倉敷に住む大学の友人が被害を心配して電話をくれた。幸いにも自宅や事業所は被害が軽微だったので、話はその友人が翌年の三月末に定年を迎えることや、東京マラソンに応募していることなどに移っていた。そこで東京マラソンの抽選から漏れたら、代替企画として千葉への旅行を提案した。しばらくして東京マラソンの抽選に漏れたので、私の所を訪れたいとの連絡があった。ならばと他に親しかった旧友二人に声を掛け、日程を調整して翌年一月末の来訪となった。その企画には『定年退職前の修学旅行』と命名し、私の事業所での四人での雑魚寝を『合宿』と称して、三泊四日の修学旅行と合宿が決定した。

F枝さんが話した養育の負担が減るので掛け持ちパートの一つを辞めるという事につい

て、倉敷の同級生の修学旅行という命名と重なって、そのまま聞き流せない一件として心に留まった。二人が迎える二〇二〇年の三月末は、それぞれに日常が変わる転機の時となるに違いない。合宿前の一月の半ばの木曜日は風も無く暖かに晴れていたので、再び自転車で稲敷の農園まで出掛け、前回と同様に牛丼屋にも立ち寄った。しかしこの時の言葉は、挨拶の「明けましておめでとう」と「ご馳走さま」だけだった。三月末の転機については何一つ付け加えられることが無く、ただ私の心のもやもやさが増幅しただけだった。

倉敷の同級生の定年退職前の修学旅行と旧友たちとの合宿は、例年に無い暖かさの中で実行することができた。倉敷の友人からは修学旅行への謝辞と、お礼にと岡山の銘酒が届いた。一人の旧友からは記念写真がまとめられたアルバムが送られてきた。私は三泊四日の紀行を随筆としてまとめ、そのファイルを三人にメールで送付した。もう一人の友人は宿泊時の宴席で、六十六歳の高校再挑戦を宣言して皆を驚かせた。三月に入り入試に合格して四月から新入生になるとの連絡が入った。皆での三年後の卒業祝いを期待している。

F枝さんは何故パートの削減のことを話してくれたのだろうか。もし可能ならば、その理由と子育てからの卒業の心情を聞いてお祝いしたい。迷惑なことだろうか。新型コロナウイルスの感染拡大対策で、お子さんの卒業式が開催されたのかが気掛かりに加わった。

＊＊＊　追加と修正　＊＊＊

この節を書き終えたのは二〇二〇年の三月十八日だった。翌日の十九日は木曜日で、私にとっては仕事の無い日でもあり、南風が吹いて二〇度を超える暖かい日になると天気予報が報じていた。だから、この『**色々の卒業《子育てからの卒業》**』という一節を前日までに仕上げ、十九日は自転車で稲敷の牛丼屋さんに行ってF枝さんに渡して読んでもらおうと思った。この次に行ったときにでも子育てからの卒業の思いや、掛け持ちのパートを辞めて仕事を減らす話をしてくれた理由を聞いてみたかったからである。

事業所から出発し、一時間ほどのサイクリングで十一時前に牛丼屋に着いた。早めの昼食になると思い、この日は朝食は玉ねぎのスープ一杯とバナナ一本だけで済ませていた。店に入るとF枝さんが出迎えてくれ、いつものように注文を聞いてくれた。そして今回もまた鮭定食を注文した。これまでとの違いは味噌汁の代わりに豚汁にした事である。そして「読んで下さい」と持参したこの節のプリントと『**定年退職前の修学旅行**』の節のプリントを手渡した。執筆の順序が修学旅行の後に卒業となったからである。配膳の時に「持ち帰って読ませて頂きます」と言って、F枝さんは厨房に下がって行った。

この日は厨房にいるいつもの店員が休みのようで、F枝さんが厨房で仕事をし、ホールには馴染みの無い二人の店員が働いていた。だからこの日の鮭定食はF枝さんが盛り付けてくれたことになる。F枝さんはずっと厨房にいてホールに出てくることはなかったので、食事中に会話する機会は得られなかった。食事を済ませ、ラーメン店と息子さんの卒業式の事だけは聞いてみようとレジに向かうと、F枝さんが自ら厨房から出てきた。

ラーメン店のことを聞くと、既に辞めたと言い、続けて今日が牛丼屋の仕事も最終日だと付け加えた。息子さんはというと大学を卒業だとのことで、高校ではなかった。目の前で微笑むF枝さんが今までよりも若く美しく見えた。更には生家のある埼玉県の美郷に引っ越していくと告げられた。私も以前に川越や上福岡に住んだことがあるとか話したが、予期せぬ展開に思考が停止してしまった。渡したプリントのタイトルだけは読んだみたいで、「子育てからの卒業です」と言った。動揺してしまった私は、「最後の日に会うことができて良かった」とは伝えたが、それ以上に言葉が続かずうつむいて店を後にした。

十年前に出会った一人の女優は子育てを卒業し、居住地を変えて新たな生活を始めるという。その女優は子育て役やパートタイマー役を軽々とこなした。次は何の役に挑戦するのだろうか。寂しくなるが、今夜は彼女の卒業と新しい門出に祝杯を挙げよう。

山スキー　《最初と最後》

人生で最初に山に登ったのは高校二年生の冬休みで十二月の下旬だった。当時の福島県では高校の普通科の進学コースは男女別学で、地域ごとに男子校と女子高が配置されていた。一九七〇年に郡山市にあった安積高校に入学し八八期生だった。今では想像もできないような蛮カラさが残る校風で、教員の全てが男性で多くの先生達は高校の先輩だった。それらの先生であり先輩達から、高校時代（先生によっては旧制中学時代）の話や更にその先輩達の逸話なども聞かされることもあった。表向きはその蛮カラさを振る舞っていたが、思春期を終えた高校生にとっては、何かにつけて女子高生は気になる存在で、自分の見姿のあちこちに気を配り、交際の機会を探しているのが常だった。

二年生に進級するときに文系か理系かというコースの選択があり理系を選んだら、たまたま隣の席に座ったのが山岳部に入っていたM君だった。教室で私の席は五列目の最後尾で彼の席は隣の六列目だった。冬が近づくまでの半年の間に、時々は部活や山行の話を聞いていたが、山への興味は膨らまなかった。ただ母親同士が学校関係の仕事を通じての知り合いだったこともあって、お互いの家に遊びに行ったりする間柄となっていた。

東京に住んで大学の三年生となっていた四歳年上の兄が、スキー用具を買って実家に保管していた。たまたまそのことをM君に話したら、県の高校の山岳部連盟か何かの合同合宿が野地温泉というところで開催されるので、スキーを教えてもらえるからぜひ参加しろと勧めてきた。山岳部にはスキーをするような部員が少なかったようだ。どこそこの女子高には何チャンとかいう美人がいるとか、温泉の湯船は一つで節穴が開いた板壁で仕切られただけで女湯と男湯になっているとか、スキーよりも妄想を掻き立てるような話に誘惑された。そしてその時だけの臨時山岳部員として真冬の雪山合宿に参加することになった。

もう一人この妄想話に乗った級友のF君がいた。彼の妄想度は私よりも数段高いようだった。中学校は違ったが幼稚園が一緒で、父親同士が同じ職場の友人だった上に、高校生になってから近所に引っ越してきたのでよく行き来した。F君も冬山でのスキーは初めてだったと思うが、私と違って体力無尽蔵のスポーツマンだった。高校二年の時からパイロットになることを目指していた。実際、海上自衛隊の航空学生に応募し合格して、山口県の小月教育航空隊で訓練を受けて志望を叶えた。高校を卒業して最初の夏休みに再会したら、体躯は四カ月足らずで一回り以上大きくなり、精悍な顔立ちに変わっていた。遠泳や非常時の通信訓練など、想像を絶する凄まじい実態を語ってくれた。余談ながら、航空幕僚長を務めた田母神氏は同じ高校の六期先輩で、彼にとっては航空自衛隊の先輩でもある。もう一人、一年生の山岳部員が参加したのだが、一緒に行動した事が記憶に乏しい。妄想で頭がいっぱいだったのだろう。実施日が近づくと、M君はリュックザックとスキーのシールを持ってきて貸してくれた。シールなど見たこともなく、その使い方も知らなかった。ただ小さい頃から『雪山讃歌』を聞いて唄っていたので、その三番の歌詞が「シールはずして　パイプのけむり　輝く尾根に　春風そよぐ」とあり、名前だけは知っていた。事前にその名前の由来がアザラシのSealで、昔はその毛皮を使っていたことや、スキー板に装着すると、斜面の下りでは滑り、登りでは後滑りしないなどと説明をしてくれた。

詳しい経路は忘れてしまったが郡山から福島方面に電車で行き、他校と合流して野地温泉へ向かうという往路だった。電車に乗るや否やM君は私のリュックザックの外観に呆れ、詰め方がなっていないと指摘し詰め直した。その頃は両側にポケットが付いた横型のキスリングザックしか知らず、借りたものがアタックザックと呼ばれた縦型だったにもかかわらず、袋に入れるように荷物を押し込んだだけだった。大きなプラスチック製のゲレンデ用スキー靴を無造作に入れていたので、山を登るときに背負うような恰好をしていなかった。できるだけ薄く、かつ縦長になるよう詰めるのだと指導を受けた。

降りた駅からどのように乗り換えて行ったかの記憶は無いが、降り立った所は雪に覆われた森林の入り口だった。温泉はその斜面の裾にあるので、スキー板にシールを付けて降りていけと言われた。初挑戦の雪山は登山ではなくスキーでの下山だった。全くスキー板を操れず自分の体を制御できなかった。スキー板に結び付けた数カ所のシールの紐は、むやみに押し付けたエッジで擦れて切れた。県の連盟が企画した合宿なのに、参加者の技量はチェックされず、安全への配慮なども全く無かった。それでも何とか目的地の温泉には無事に到着し、疲労困憊しながらも妄想に活力を取り戻していた。若さの証拠のようだ。

温泉での板壁節穴作戦は二度ばかりアタックしたが、一度目は賑やかな話し声に慄いて失敗し、二度目のアタックでは入浴していたのが温泉宿の御婆さんで、覗きがばれ、諫められて退散した。もう一方で、この合宿では夕食から就寝までは自由時間だったので、狙いの福島女子高の参加者達を部屋に招き、ここぞと四対四の炬燵を挟んだお見合いに挑戦した。しかし、うぶな山男と山女はもどかしい会話に終始して、記念写真を一緒に撮らせてもらうのが精一杯だった。結局進展があったのは、滑れなかったスキーだけだった。

翌朝からのスキーの練習はゲレンデ造りから始まった。前日降りてきた斜面の裾に隊列し、山足側に少しずつ横登りして新雪を踏み固める作業だった。昼食までの半分の時間が費やされたが、徐々にスキーの板が足裏に一体化して、段々操れるようになっていった。ゲレンデができたら漸く滑降の練習だが、降りる分だけ登らなければならない。ゲレンデ造りと同じ要領で一二、一二と横登りの繰り返しだった。斜面では横向きから谷向きになる動作が難しく、スキー板の内側のエッジで制動をかける練習を繰り返した。滑降はスキー板の先端を窄め後端は開いて八の字を作り、左右の制動の違いでターンするプルークボーゲンと呼ばれる基本的な滑りの練習だけだった。山スキーでは重要で、実際に有効だった。

野地温泉は標高が１２００ｍ程の山間部にあるのだが、三泊の合宿が終わったら、数キロメートル先のバス停がある所まで、雪に覆われたアクセス道路を滑り降りろと言われた。ガードレールは雪に埋まっていて、道を右側に外れたら谷底まで大滑降だ。リュックザックを背負っての滑降はぶっつけ本番だった。準備してきたシールは一日目の林道下降にしか使われなかった。臨時山岳部員としての初の雪山合宿は過酷で危険なものだった。

二日目の晩だったと思うが先生の一人が心臓疾患で亡くなった。参加者全員が温泉宿から漏れる光しかない駐車場に集まり、沈鬱な声で『雪山讃歌』を歌って遺体を送り出した。

その合宿を終えてスキーにはまった。春までの休みの日にはＦ君や同じ町内でスキー用具を持っている友人達と、おにぎりを持参してスキー場へ滑りに行った。雪が無くなると

M君に誘われ、安達太良連峰や吾妻連峰を縦走した。

M君からは登山に続いて、北杜夫の『白きたおやかな峰』を勧められた。読み終えると、山登りとともに山岳小説にも興味が湧いてきた。しかし大学の受験があったので、それらが趣味となったのは大学に入ってからとなった。M君とは大学三年の冬休みに一緒にスキーを担いで、奥岳温泉登山口から鉄山のすぐ下にある「くろがね小屋」まで登り、一泊してスキーで登山道を滑り降りてきたことがあった。山小屋だが温泉がついていた。

新田次郎の作品を好んで読むようになり、『富士山頂』を手にした時は、中学を卒業し高校に入学した春休みに観た映画を思い出した。その小説が映画化されたものだった。どういう意図だったのか、母が前売り券をプレゼントしてくれた映画だった。一九六四年に富士山測候所に台風観測用の巨大レーダーが建設されたが、気象庁の職員としてそのプロジェクトに携わっていた新田次郎が、小説家となって建設の様子を描いた作品が『富士山頂』だった。一九七〇年に石原プロモーションが制作したその映画を観たわけだ。このレーダーは三菱電機が製作し、心臓部となるマイクロ波発生器は新日本無線が納入していた。一九七七年に大学を卒業し、最初に就職した会社が新日本無線だった。

富士山の麓へは何度も行っていたが、登山をしたのは一九七九年の夏だった。就職して三年目に通い始めた夜学の電機大学電気学校で、遠足として企画された山小屋での仮眠付き一泊二日の富士登山に参加した。遠くから眺める美麗な容姿が目の前には無く、だらだら続く長い瓦礫の道でうんざりした。だから富士登山はこの時が最初で最後となった。

正式に山岳部に属したことも無く、体力に自信があったわけでもないので、大学時代はたいていが単独行だった。行きたい時に行きたい所へ出掛け、自分のペースで歩いていた。高い山に登りたい時期もあったので、槍ヶ岳や北岳にも行ったが、奥秩父や八ヶ岳といった季節感が味わえる山の方が好きになった。冬に三峰山から雲取山に縦走し、奥多摩に向かって下山を始めたら樹氷が林立していて驚いた。東京都内で樹氷に遭遇するとは想像もしていなかった。蔵王とは違った華奢な美しさに感激し、今でもその記憶が残っている。

社会人になるとスキーに行く機会は多々あったが、一九七九年の富士登山を最後に山登りからは遠ざかっていた。それが二〇〇三年の二月になって二十三年半ぶりに冬山を散策する計画が持ち上がった。成田に勤務していた時に、ゴルフを中心に遊ぶことが多かった同僚のA君が、スノーシューを買ったので雪原で遊びたいと言ってきた。ゲレンデとは違う新鮮な雪を体感し、山の冬景色を楽しみたい様子だった。

前年に高校の級友が山岳ガイドの資格を得て、安達太良山の西側に位置した沼尻にいることを思い出し、新雪での散策の案内をお願いした。教室では最後列の最後尾の席に座っていたW君で、M君を挟んで向こう側の席だった。部活をしていたかは不明だが、ラッパを吹いていた姿が記憶に残っている。山への興味は微塵も無かったと思う。理由は知らないが、四十歳半ば頃から、山登りと沼尻に魅了されてしまったようである。

沼尻はリゾート地の走りのような所で、二百三十年以上前から開湯している沼尻温泉と、一九一五年に開場した沼尻スキー場があり、安達太良山の西側からの登山口にもなっている。一九九二年にはスキー場のすぐ下に、登山家の田部井淳子氏が『沼尻高原ロッジ』を開業した。私が生まれたのは安積郡（現郡山市）富久山町で、田部井さんは私の隣町の田村郡三春町で生まれた。私の家は郡山駅からは『三春』行きのバスに乗り、旧（4号）国道と呼ばれた奥州街道を北に向かって2㎞ほど走り、『三春街道入り口』という停留所で降りればすぐだった。鉄道で言えば東北本線と磐越東線の分岐した辺りに位置していた。

W君は何年もこのロッジに居候していたようで、その頃はそこの駐車場に停めた自分の車に寝泊まりし、温泉やトイレを使わせてもらいながら山岳ガイドを始めていた。A君と私が宿泊した二月十七日に、田部井さんが来て泊まる予定だと期待を持たせてくれていた。A君の車に乗せてもらって行き昼前に到着した。月曜日でスキー客もまばらだったので、山岳ガイドの先輩でロッジの管理人をしていた方も加わって、四人で直ぐ近くの布森山に登ることになった。登山口付近まで車で行き、A君はスノーシューを履き、他の三人はスキーにシールを付けた。標高は布森山が１１７０m、登山口が７２０m程で、標高差が４５０mだった。雪が無ければ一時間半弱のハイキングコースだった。雪があるので登りの所要時間はその倍の二時間半程度と推測していた。

一時間余り登って腰を下ろして休憩した。再出発と立ち上がろうとしたときに、乾いた破裂音と共に激痛が走って座り込んだ。ギックリ腰が発生した。しかし二人の対応は素早かった。休憩用のビールと酒しか入っていないと思われた小さなリュックザックには、数ミリ径で長さが2m程のロープが三本ずつ入っていた。私のスキー板の前と後ろにストックが横に渡され、ロープで括られて防寒着が被せられると救助用の橇が出来上がった。五分もかからなかっただろう。あまりの手際の良さに見とれていた。脚を谷川に伸ばして乗せられると、スキー板の先端に結んだロープを持った二人のガイドが少し開いて横に並び、ゆっくりとボーゲンスタイルで滑り降りた。スノーシューを履いたA君が、スキー板の後ろを結んだロープを引っ張ってブレーキをかけた。私も両足の踵の下ろし具合を調節して、少しだけ制動に参加した。三十分ばかりで車に行き着きロッジの宿泊部屋に保護された。

激痛に呻いていたが、この救出劇について山岳協会のような所に連絡している電話の声を聞いた。何度もギックリ腰の経験があったので我慢の一夜を送った。加えて二つのことが辛かった。まずは夜の宴である。宿泊部屋に料理を運び込んでの酒盛りを横目で見なければならなかった。その朝に釣ってきたというワカサギの天婦羅を目の前でチラつかされ、お情けで一匹だけは口に運んでくれた。もう一つは小便だった。激痛でトイレまで行けなかった。部屋にあったゴミ箱に用を足してA君に処理してもらった。これで後輩のA君には借りができてしまった。W君には救助実践の機会で山岳ガイド就任を祝い、A君には三時間だけしか使わなかった新品のスキー板をプレゼントして謝意を示した。

とても会える状態では無かったが、その晩に田部井さんはやって来なかった。翌朝を迎え呻き続けながら、W君が紹介してくれた郡山の病院に立ち寄り、鎮痛剤を打ってもらって帰宅した。A君の車で家まで送ってもらい、横になってテレビをつけると、『みのもんた』の番組に映し出されたのは、コメンテーターとして出演していた田部井さんだった。

その事件の発生後に何度か両親や家族を連れて沼尻を訪れた。父は何遍もこの辺りを歩き回ったと想い出を語った。母は温泉を楽しんでくれた。子供とは一緒にスキーで滑った。

山登りは遠のいてしまったが、せめてその麓まで行って山の空気を吸いたいものだ。

青春の学友達　《安積高校三年八組》

職業人生を卒業し年金を受け取るようになると、仕事を通して知り合い友となった同僚や顧客との交遊は、時代背景と仕事という共通の話題があって再会の宴席が盛り上がる。同じ青春時代を過ごし、（時には馬鹿な）行動を共にした級友達との再会は尚更で、それが長い時空の隔たりがあったとしても心はタイムスリップしてしまう。

『山スキー』の記憶を辿っていたら、たまたまの出会いで自分の価値観の形成に多大な影響を受けたことを思い知った。そしてふと何十年ぶりで開いてみた高校の卒業アルバムに寄せ書きがあった事を発見したら、級友達の面影が次々と浮かんできた。

まずはその高校時代の友人達の様子を述べようかと思ったが、先に示された良い事例があったので、そちらの抜粋を引用させて頂く事にした。級友だった熊谷和年君が平成二十一年の七月に発行した、『「知名Ⅱ」あんな時こんな時』からの二節で、原文には私の見逃していた光景も数々記載されていて、当時の雰囲気がひしひしと伝わってきた。

残念なのはもう再会できない関係になってしまった事である。二〇一五年に六十一歳で逝ってしまった。この本は焼香に自宅を訪ねた時に奥様から渡された遺品の一冊である。

昭和40年代安積高校理数科エリート集団

《略》

昭和45年頃の理数科は大学受験特別養成選抜隊であった。2年生までに3年生の教科書を全て履修し、3年時は専門的に受験の授業を受けていたエリート揃いだ。故に国立大の合格率は非常に高く、私たちの時にはクラスの8割近くが医学部に入った。《略》

1組から8組までは凡人のクラスで、中でも我々の8組はひどかった。化学の先生が毎授業、「お前らみたいな馬鹿は見た事がない。それに比べ理数科は――」とやるのでいつかは報復をと考えていたところ、化学実験室の机の回りを歩きながら授業をしていた時、誰かが先生の白衣の背中に万年筆を振り下ろした。背中には黒のインクの点々が続く。次の机に行くと今度は赤インクが横に払われた。次の机でもインクが飛ぶ。《略》

2年生の時の級長は先生の指名で東京大学に入った従順なやつだったので、皆で相談して3年生の級長には私が立候補した。逆らうものはいないから当然就任した。《略》

青春を謳歌した3年8組

8組は私を筆頭に個性派集団であった。理系のクラスなのに私のように文学部に行った者もいる。

《略》

皆平等に貧しかった。そして腹が減った。午前中の授業中にはアルマイトの弁当の蓋を立てて中身を食ってしまうので、昼休みには安高前の松見屋か増子食堂でラーメンかタンメンを食うのは当たり前だ。ラーメン90円、タンメン110円の時代だった。《略》

《略》体育祭で8組が総合優勝した。表彰式の後、1年と3年の優勝したクラスは担任に駆け寄り胴上げをしていたが、私がやるなと言ったら、誰も担任の所に行かなかった。

《略》

大学受験の提出する内申書を一通余分にとって、重要秘密文書を開けた。個人評価は「リーダーとして人を引っ張る力あり。しかし時としてよからぬ方向に行く時、度々」

熊谷君の葬儀には都合で参列できなかった。後日に自宅を訪ねた折に奥様が古いアルバムを持って来て見せてくれた。奥様には結婚する前に写真に写っていた人々が誰なのかは分からない。目の前の私に対してすら、四十年も前の青年だった頃を想像することが難しいようだった。私自身も驚いた。ある時期に限ってだが、写真の半分近くが私と飲食しているものだった。故人は六期務めた市議会議員の選挙に落選したのを機に、中断していたペンを執り始めたところだった。私のこの回想の節は彼の代理のような気がする。

卒業アルバムの白紙のページには十七人の寄せ書きがあった。四十七年間すっかり忘れていた。それらを紹介する前に三年八組級友の教室での座席位置から交遊関係を振り返ってみよう。総数四十九名で、席順は概ねアイウエオ順であった。授業が終わってからは、部活や同好会に楽しむ者もいれば勉学に勤しむ者もいた。中学では運動部に属していたのに、高校に入ると辞めてしまったり、私のように入部しても落ちこぼれたりと、部活も勉学も中途半端な連中も多かった。ただ多くの生徒は遊びとしてのスポーツは好きだった。

何がきっかけだったか、学級や学年を超えて落ちこぼれ同士が集まり、『台新クラブ』というサッカー同好会を作った。一学年下の下級生も『木枯らしクラブ』を作って試合の相手となった。時にはソフトボールもして、地元の対抗試合に出たりもしていた。

3年8組　教室席順

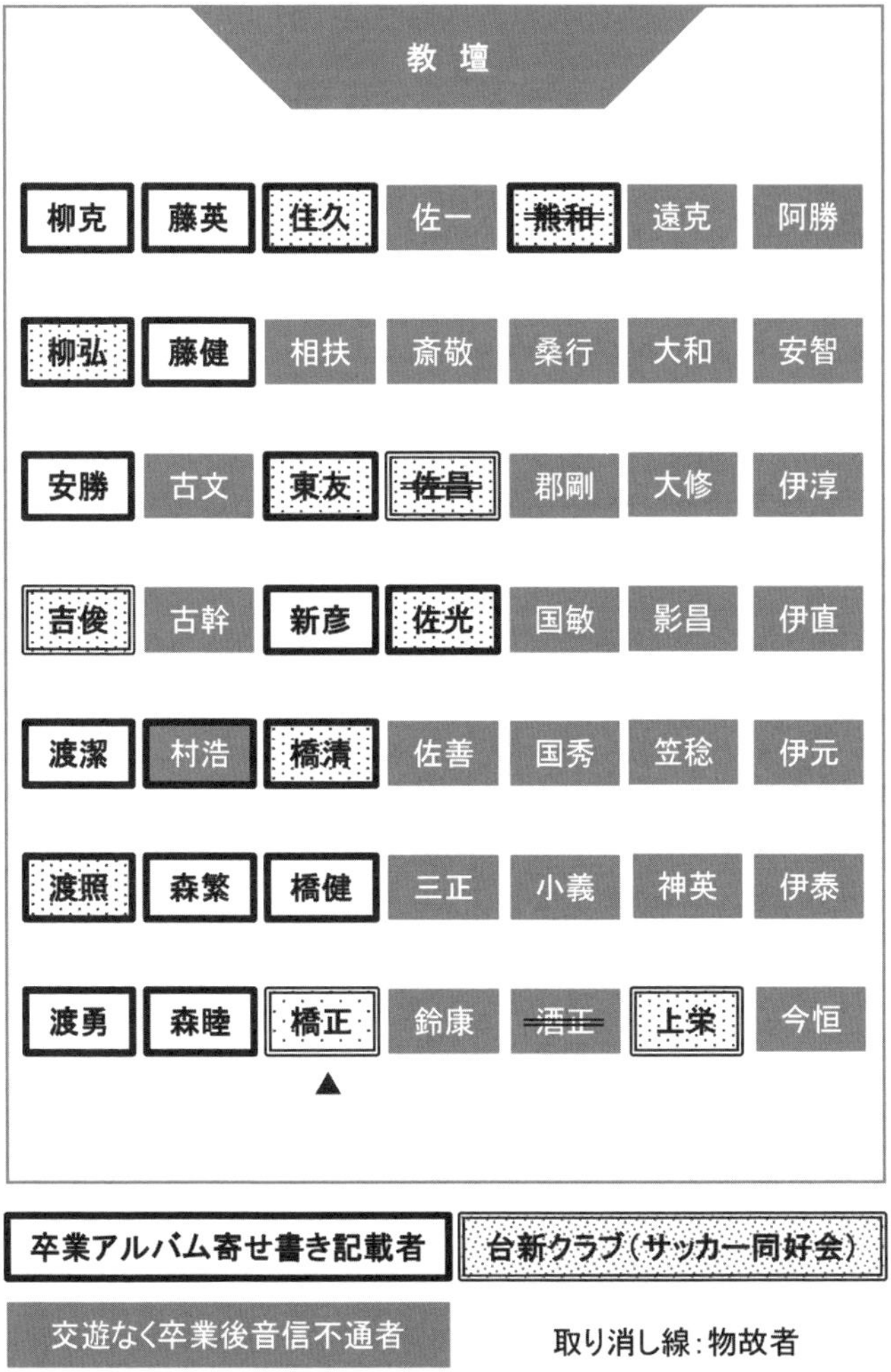
教壇
柳克 藤英 住久 佐一 ~~熊和~~ 遠克 阿勝
柳弘 藤健 相扶 斎敬 桑行 大和 安智
安勝 古文 東友 ~~佐昌~~ 郡剛 大修 伊淳
吉俊 古幹 新彦 佐光 国敏 影昌 伊直
渡潔 村浩 橋清 佐善 国秀 笠稔 伊元
渡照 森繁 橋健 三正 小義 神英 伊泰
渡勇 森睦 橋正 鈴康 ~~酒正~~ 上栄 今恒
卒業アルバム寄せ書き記載者
台新クラブ（サッカー同好会）
交遊なく卒業後音信不通者
取り消し線：物故者

勿論このクラブの会長は熊谷君だった。高校の向かい側の奥が台新という地名で彼の家があり、その地名をとって私が提案して受け入れられたものだった。本当の理由は、通学の時に学校の前の通りで毎朝すれ違い、やがて恋心を抱くようになった女子高生が住んでいる場所でもあったからである。当然、学校外で『台新クラブ』を知る人は稀だった。

台新クラブのユニフォームも私が調達した。母が学校関係の仕事をしており、納入業者の運動用具店を紹介してもらった。小遣いで買うのだから兎に角、安くなくてはならない。倉庫に不良在庫となっていた女子バレーのユニフォームがあり、特大、大、中、小とサイズも揃っていたので、襟前を男用に直し背番号を付けて、一着五百円で譲ってもらった。

熊谷君の寄せ書きは『台新クラブというバカの集団の会長をやっていると疲れる』だった。仲間と遊ぶ事と映画を観る事くらいしか楽しめない自分に嫌悪し、展望を開く気力も持てない日々に苛ついていたのだろう。青春の蹉跌であり私も似たようなものだった。

ミッチャンこと佐光君は、静御前が由来の静町から来ていた。学校から西側の田園地帯に向かって２㎞ほど奥まったところに、家族経営だった「宝」というパチンコ屋があった。パチンコをやりたくなると、彼の家で私服に着替えて一緒に入店した。彼は真面目で実直な人柄だったが、パチンコは大好きだった。寄せ書きはその通りで『宝の常連』だった。

住久君は、『カモシカのような足がもう一度見たい！』と書いていた。まさか私の足ではないと思う。今よりはずっと筋肉質だったが短いし走りも遅かった。彼自身は背が高く、中学時代はゴールキーパーをしていて体躯では数段も勝っていた。一浪していた先輩だ。

東友君は『自称安積のプリンス　通称湖南のいも兄ちゃん』と書いていた。組の中で一番の縦の巨漢だった。生家は猪苗代湖の南側にあり、通えなかったので下宿をしていた。台新クラブのユニフォームに付けたのは88番だった。体も番号も最大だった。

新彦君は同じ町で育ち小中学校ともに同じで、小学校の時は同じ水泳部だった。早熟で肺活量が7000ccもあった。高校ではプールも水泳部も無かったので水泳同好会を作って大会に出場していた。寄せ書きは『日本水泳界の新星』だった。

セイチャンこと橋清君はいつもは謙虚で静かだが、話し始めると饒舌になっていく、隠れ剽軽者だった。『イツモニコニコアカルイエガオ』とページの右端に沿って縦に一行書いてくれた。仙台の東北薬科大に進学し、薬剤師の資格を得て地元に戻り病院で働いた。

橋健の愛称はケンだった。高校生なのに650ccのバイクで通学していた。よく後ろに乗せてもらってツーリングした。成績は最下位を競っていたが、自動車整備士を目指して将来を見据えていた。寄せ書きは『KAWASAKI W1.S. 650』だった。

藤英君は県内屈指のスプリンターで、物静かだったが酔い上手の酒好きだった。京都への修学旅行では同室の数名とウィスキーで酒盛りをしたが、空瓶を鏡台の後ろに置いたままにしてきてしまった。寄せ書きは『オレはきっと9秒のカベを破るゾイ』だった。

藤健の愛称はフジケンでパイロットを目指していた。二年生の冬休みに温泉宿で開催された県内山岳部の合同スキー合宿に妄想を抱いて参加した。もちろん目当ては女子である。寄せ書きには『スキー合宿おもしろがったない！』と書いていた。海上自衛隊の航空学生となり夢を達成した。結婚披露宴に招かれて参加したが、以降に音信が途絶えてしまった。

村浩君は優しく微笑む温厚な人柄だったが、自分の席に近かったアホな連中との付き合いには加わらなかった。寄せ書きには自分の苗字を記載しただけのクールな奴だ。

森繁君も同じ町内出身で小中学校が一緒だった。小学生の時から戦艦や戦闘機の絵ばかり描いていた軍事オタクで、後年になって届いた年賀状にも軍事用語での挨拶文が載っていた。寄せ書きは『行健中万才!?』だった。最後の?はどういう意味だったのだろうか？

その後ろの席で私の隣だったのが山岳部の森睦君だ。誘われてフジケンと共に妄想を抱いてスキー合宿に飛び入り参加し、それがスキーや登山を始めるきっかけとなった。目指していたのは建築士で、専門学校に進んで資格を得て建築設計事務所を開いた。ケンの車の整備士、フジケンのパイロットと合わせ三人は夢実現のトップスリーである。

柳克君は東友君の縦の巨漢に対し横の巨漢だったが、バスケットのジャンプシュートは軽やかだった。組内一番の秀才で東大の理科三類に進学した。『いろいろ世話してやったのにいじめられてばかりでした！　恨みは忘れないぞ』との寄せ書きに、何の事かなと思いを巡らせた。３年生になった時に級長を選挙にしようと言う役目を担ったのが私だったのだ。

柳弘君は中学時代からの級友で、勉学も部活もコツコツ積み重ねるタイプだった。中学では野球部だったが高校では経験の無いサッカー部に入った。私も一緒に入部したが早々に脱落した。『まちがって何か?破んなよ!』と、藤英の寄せ書きにコメントしていた。

安勝君は応援団で怖そうだったが、真面目で眉目秀麗でシャイで不思議な奴だった。自宅には何台ものナンバーが無いバイクがあった。稲刈り後の田んぼで試乗させてもらった。

渡潔君は野球部のサードで、市内で一番のスポーツ用具店の次男だった。まさかイラストレーターになるとは想像できなかった。寄せ書きは『提供ワタナベ・スポーツ』だった。

渡照君は郡山に隣接する「松明《たいまつ》あかし」という火祭りで有名な須賀川市の出身だった。ぜひ一度は見ておきたいと当夜に彼の家に泊めてもらったが、肝腎の火祭りの記憶が残っていない。覚えているのは夜中に彼の二階の部屋から、窓をあけて一階の軒に小便をした事だけだ。寄せ書きには『須賀川万才！』と郷土愛を記していた。

渡勇君はラッパを吹いていたとか、冬に黒いマントを羽織っていたとか、瞬間的な記憶しか残っていない。五十歳を前にして再会したときは山岳ガイドになっていた。寄せ書きにあった『ともこのヒモ』ということと何か関連はあったのだろうか？

以上が卒業アルバムに残っていた、寄せ書きを残してくれた親しかった級友の記憶である。この他にも「台新クラブ」に所属した記憶から離れない三人がいる。

上栄君は隣席の酒正君と私語が多く「口を開けるな」と先生から注意を受けていたが、成績優秀で医者になった。私の東京のアパートに遊びに来てから四十年が過ぎてしまった。

佐昌君は中学時代は名ゴールキーパーだったが高校では部活をしなかった。台新クラブでは、時折キーパーをして横飛びのセービングの美技を見せてくれたが、フォワードが好きで点取り屋だった。残念ながらイワナ釣りで滝壺にはまって若死にしてしまった。

吉俊君もバイクが趣味で250ccに乗っていた。体育祭か文化祭の後の打ち上げを新彦君の家で行ったら二日酔いで登校できなかった。参加メンバーは病欠ですと取り繕った。

偶然に同じ学校の同じ組となり、たまたま席の近くにいたというだけで交遊を深めた級友達。受験さえも笑い話の一つに変え、人生の楽しみを学ばせてくれた級友達に感謝する。

故郷《出生地と出身地》

地元を離れての挨拶や県外からの訪問者との会話では、懇親を深めるためにしばしば出身地を尋ね合うことがよくある。「出身地は何処ですか」と尋ねられれば、関東以北の人からなら「郡山（市）」と答え、中部以西の人からなら「福島（県）」と答えていた。会話なので〝市〟や〝県〟を省略していた場合が多かった。

それが高校生の頃であれば「富久山（町）」が、中学生の頃であれば「久保田」が答えであったろう。活動の場が広がるとともに、出身地の表現もより大きな地域の表現になっていくようである。しかし「故郷は何処ですか」と尋ねられたら何と答えるだろうか。故郷＝出身地ということで誤りではないだろうが、故郷は生まれて育った地域を指す言葉であることから、行ったことのない地域が多々あるような範囲よりは狭い地区であろう。

私の戸籍の出生地には『福島県安積郡富久山町』と記載されている。一八八九年（明治22年）の村町制により福原村・久保田村・八山田村が合併し安積郡富久山村が発足し、一九三七年（昭和12年）の町制施行で富久山町となった。富久山は福原の福、久保田の久、八山田の山の三文字から福久山となり、福が富と変わって富久山となったらしい。

私が生まれた一九五四年（昭和29年）に隣接する田村郡から小泉村が合併された。そして福原・久保田・八山田・小泉から構成されていた安積郡富久山町は地方自治体として活動し、行政機関があり町長がいて、入学したのは『町立行健小学校』だった。学区は福原と久保田で各学年ともに六組まであり、二千人近い生徒数のマンモス校だった。八山田には『町立行健第二小学校』が、小泉には『町立小泉小学校』がそれぞれあった。小学校五年生の一九六五年に市町村合併で新設の郡山市となり『市立行健小学校』を卒業した。

久保田と福原は、当時は旧国道（現在は県道３５５号線）と呼んでいた奥州街道沿いにあり、その東側を東北本線が走っていた。郡山駅から奥州街道を北に向かい数百メートルの所を流れる逢瀬川を渡ると富久山町だ。南北に３㎞程の街並みが続き、手前の南側が久保田、奥の北側が福原で、福原の西側が八山田だ。東北本線に沿って東側を阿武隈川が北に向かって流れていて、阿武隈川を越えた東側が小泉地区となっている。

郡山は鉄道の要所でもあり、西の会津若松に向かう磐越西線、東の磐城に向かう磐越東線、東南の水戸へ向かう水郡線のターミナル駅でもあった。そこには車両をみる工機部、運行のうち運転をみる機関区と搭乗をみる車掌区の三部門があって、多くの国鉄職員が働き、父は機関区の職員として機関車の運転手をしていた。小学校から高校までの級友のうち一〜二割の父親は国鉄職員だった。生家の両隣も向かいの家も、近所の駄菓子屋も八百屋も精米所も金魚屋も家族の中の誰か一人は国鉄で働いていた。

生家は郡山駅から2㎞ほど北に位置し、果ては双葉へ通じる三春街道と呼ばれた国道288号線の分岐点の直ぐ傍で家の裏側を東に向かっていた。西側約50mに奥州街道、東側約50mは東北本線だった。現在の三春街道入り口は西側に走る県道296号線（当時は新国道と呼ばれた国道4号線）に500m程移動してしまった。新幹線を使って帰省する時は郡山駅からタクシーに乗るのだが、若い運転手に対する目的地の説明で困る時がある。次々と新道が作られ旧道は格下げされて、道路の呼称が変わってしまったからだ。

当時はバスが一番利便性の高い移動手段で、郡山駅から帰る時は、旧国道経由の福島行き、二本松行き、本宮行き、日和田行き、あるいは三春行きに乗り、三春街道入り口で降りれば一分で家に到着できた。更には新国道経由の三春行きでも、上野停留所で降りれば三分で家に到着できたので、郡山駅で十分も待たなくても目的のバスに乗ることができた。車社会となってからのバスの運行は一時間に一〜二本に激減してしまった。

生家の庭の南側は奥州街道から入ってくる路地で、その路地を挟んだ養魚池には金魚が泳いでいた。その向こうには田畑が続きポツンと小さな豚小屋が一つ建っていた。小学校の三年生か四年生の時に家が建て替えられ、縁側は無くなり、物置小屋が取り壊され、生け垣は石塀となって庭の眺めも変わってしまった。このような住み替えた家を何と呼んだら良いのだろうか。育家とでも言っておくことにしよう。生家はセメント瓦葺で奥行一間の安普請の平家だった。今風に表現すれば４ＤＫの平屋といったところだろうか。曽祖母、祖母、両親、兄、姉と七人家族だったので狭かった。

曽祖母は生家の建て替えの前に亡くなったが、どの部屋で寝起きしていたのか記憶から消えている。思い浮かぶのは火鉢の傍らに手をかけて座っていた姿だけである。時々飴玉を買ってこいと五円を渡されて近くの駄菓子屋に行き、一個一円で白いハッカ飴を五個か一個五十銭の黒玉を十個買ってきた。薄っぺらで直径が５㎝ほどの塩煎餅は一枚一円だった。曽祖母が亡くなったとき、玄関から上がった所の八畳の客間兼居間に参列者が輪になって大きな数珠を回していた。その前日だったか、隣の西側の六畳間に飾り気のない四角い箱が置かれていたので、かくれんぼのつもりで入ったような気がする。

曽祖母が亡くなった後の記憶では、その六畳間で祖母と二歳上の姉が寝ていた。押し入れの右側の三尺幅の板場には、下が箪笥の引き出しとなっていた仏壇が置かれていた。朝夕に祖母が鳴らすリンの音が響いていた。しかし両親が仏壇に手を合わせる姿を見たことは無かった。そのせいか私に宗教心は生まれず、また家族の誰も宗教儀式の強要はしなかった。その部屋にはゼンマイ式の柱時計が西側の奥に続く部屋の四枚の襖の長押《なげし》の真ん中に架けられていた。振り子が止まると栓抜きのような形状の鉤《かぎ》で左回しでゼンマイを巻いた。

その奥にあった六畳間で両親と私が寝ていた。便が出ずにお腹が痛くなると、母は「べンナレ・コンナレ」と便意が来るまで腹を擦ってくれた。夏には蚊帳を吊るのだが、そこに蛍を放して黄色の点滅を見るのが楽しみだった。それらの二部屋から庭に向かっての南側が縁側で、外とは六枚の板製の雨戸で仕切られていて、朝に開け夕方に閉めるのが日課だった。その板戸を開ければ外気が流入し、夏も冬も廊下は外と同じ気温になる。寝室と廊下は障子戸一枚だけで仕切られただけだった。だが寝室では冬の寒さを感じなかった。

居間の東隣に押し入れの無い四畳間があり、四歳上の兄がこの部屋を使っていたはずだが、兄や姉の寝姿の記憶が一切ない。小さかった自分が一番先に寝ていたからだろう。ある時、轟音と大きな揺れに驚いた。裏を走る三春街道から小型トラックが落ちてきたのだ。幸い兄に怪我は無かった。車が少なくガードレールも無い時代だった。その部屋には書棚が設えられ、父が購入した日本文学全集が数十冊並んでいた。家が建て替えられても保管されていたが、身近にあったにもかかわらず大学生になるまでその一冊も読んだことが無かった。

玄関の右隣となる東南の角に勝手口と土間がついた台所があり、風呂の脱衣場を兼ねていた。土間には風呂釜の焚き口があり、薪を焚き付けにして石炭で風呂を沸かしていた。まさかりで薪を割っていた兄の姿が目に浮かぶ。石炭は庭の物置小屋の一部が貯蔵場所で、焚き口まで運ぶ手伝いを命じられることがあった。ご飯は羽釜で土間に置かれた蒸し窯で炊き、頂端から出る湯気の色と出具合で円筒状の蓋を被せる頃合いを調整していた。お焦げの出ない日は珍しかった。流しはタイル張りでコンロは灯油が燃料だった。後に都市ガスとなったのでプロパンガスを使った事が無かった。

庭の東南には井戸と屋根が付いた洗い場があり、最も利用されていた場所だった。電気洗濯機が登場する前はたらいと洗濯板と固形石鹸で洗濯をし、野菜についた土を落とし、鶏や羊などの家畜の飼料として使い、大きな味噌桶は釣ってきた魚の水槽となっていた。子供にとっては遊び場の一つだったが、寒い冬や雨の日に母や祖母はどんな思いで家事をしていたのだろうか。それが苦だったというような小言は聞かなかった。

自給自足的な生活が基本だったが大抵の必要なものは近所で調達が可能だった。久保田地区の約1㎞半の奥州街道沿いとその裏通りには駄菓子屋、文具店、八百屋、魚屋、肉屋、豆腐屋、パン屋、饅頭屋、酒屋、牛乳屋、精米所、製麺所、雑貨屋、小間物屋、燃料店、床屋、パーマ屋、花屋、金魚屋、食堂、自転車店、薬局、ガラス屋、建具屋、レンガ屋、タイル屋、製材所、染物屋、そして鍛冶屋まであった。全ては個人商店か従業員が数人の零細な会社だった。医院に郵便局、駐在所、神社、お寺に幼稚園や墓地もあって、子育てから冠婚葬祭まで町内で済ませられた。母は助産婦として開業していた事もある。

父と兄と私は釣りや魚捕りが大好きだった。海からは離れている地方だったので、漁場は川や池だった。勿論、捕った魚は食用で、リリースする釣りがあるなど想像したこともなかった。奥州街道との間に通学路があり、それに沿って用水路が流れていた。そこに架かる小さな橋の下が日々の釣り場で小鮒を釣っていたが、仕掛けの作り方は父の釣りの準備を見て覚えた。浮きは古くなった桐の下駄を鉈で割って、鉛筆状にして先端を細くし、頭を蠟燭の火で炙って色を付けた。殆どの娯楽は御手製での準備が基本だった。

夏になると父が友人達と投網漁に行くのだが、そこに付いて行くのが楽しみだった。夏が近づくと保管していた絹糸でできた投網を出し、耐水性を良くするために柿渋に浸し、天日干しして準備していた。漁場は隣町を流れる五百川で、東北本線で郡山駅から北に向かい二つ目の五百川駅に行って川まで歩いた。安達太良山麓を源流とし阿武隈川に合流する川底が砂利の浅瀬の清流だった。縦が１ｍ、横が５ｍ程で上側に錘、下側に浮きが付いた投網を流れを横切るように投げる。その下流の10ｍ辺りから竹棒で川面を叩き網に向かって魚を追い上げる。五寸（15㎝）から一尺（30㎝）程のハヤ（ウグイ）、オイカワ、アユなどが網目に首をかけているところを生け捕りにする。これを下流から上流に向かって繰り返し、移動しながら朝から昼まで続けた。近所の小川や池での小鮒釣りとは違って、大人の漁法で大きな魚を大量に捕れるので大興奮の行事だった。事前に父は切り出し小刀で竹串を造っていた。その竹串を魚の口から刺し、火鉢で逆さにして塩焼きにした。ホクホクした淡白な白身もパリパリの薄皮も美味しかった。その頃は常に体が蛋白質を欲していた。

食べるに困るほどの貧しさではないが、肉を食べられるのは月に一度のカレーの時だった。だから子供の捕ってくる小魚でさえ貴重なおかずの一つだった。鶏を飼っていたので卵を食べる事はできたが、肉を食べたかった。肉と言っても豚肉か鶏肉で、近所の肉屋では牛肉を扱っていなかった。鶏肉を食べられたのは卵を産まなくなった鶏を潰した時だけだ。祖母は絞めた鶏から肉と内臓を外し、鶏ガラを醤油で煮ておやつにしてくれた。骨にこびり付いた筋にむしゃぶりついていた。東側の隣家の爺さんは冬になると銃で猟をしていた。行った事が無いので猟場がどこか知らないが、背中に銃を担ぎ、雉など何羽かの獲物を携えて帰ってきた。どんな味がするのだろうかと興味津々だった。

曽祖母が亡くなり、母が養護教諭となって働き出してから少し生活に余裕ができて住居が建て替えられた。新しい家も平屋だったが、赤いトタン屋根に外壁はピンクに塗装したモルタルで、新築の頃はお洒落な家だと思っていた。6DKで居間は洋室だった。五つの寝室は両親、祖母、兄、姉、私と個室時代の到来だった。部屋数は増えたが建坪は同じようなもので、個室を増やす為に縁側も台所の土間も無くなってしまった。各部屋の窓にはガラス戸が入り雨戸が取り付けられたので冬は暖かくなったが、縁側の熱遮断が無くなり隙間風も通らなくなったので、夏は屋内全てが暑くなってしまった。サッシが普及する前で建具は全て木製だった。また照明が白熱電灯から蛍光灯に替わり夜が明るくなった。

台所にはテーブルが用意され、朝食はそこで食べ弁当が用意されていた。母は仕事をしていたので、平日の朝食の時には既に出勤していた。父は出勤時間がマチマチだったので、朝食を一緒にすることが少なかった。その代わりに祖母がいつも世話をしてくれた。毎夕は居間に食事を運び家族一同での酒宴だった。夏は冷蔵庫で冷やしたビール、冬は燗瓶に日本酒を入れストーブの上で炙り燗だ。子供の飲酒に寛容な両親だった。小学校の高学年になると父が麻雀パイを買ってきて子供たちにルールを教えた。トランプや双六よりもずっと知的なゲームで病みつきになった。母もできたので一家団欒の遊びだった。

小学校は久保田と福原の境にあったので、小学生の頃の行動範囲は通学方向が同じ友達がいる久保田地区内だけだった。休みの日でも昼食は自分の家で食べるので、自ずと行動範囲が食事でも制限されていた。魚釣りはもとよりザリガニ釣り、網を使っての雑魚掬い、トンボ捕り、缶蹴り、ビー玉、パッチ（めんこ）と遊びに事欠くことは無かった。

中学生になると富久山町全域からの友人ができ、自転車を漕ぐ体力も増していたので、友達の家だけでなく町内のあちこちまで行動範囲が広がった。特に鮒が釣れる池や川があると聞けば、釣り友達と誘い合って遠征した。一九六八年のメキシコシティオリンピックでのサッカーでの銅メダルに、少年達は野球だけでなくサッカーにも夢中になり始めた。試合用の革製のものでは無くゴムボールだったが、新たな遊びとしてのボール蹴りは面白かった。室内での遊びは麻雀だった。ただ相手は家族ではなく同級生や先輩と変わっていた。

安積郡が郡山市となっても、感覚は富久山町の町民のままであり、町民以外は遠い所の人たちだった。郡山とは一番近い都市で、普段とは違う買い物や、日常とは違う食事ができる、駅のそばの特定の地区だけを指すものだった。高校生になって漸く郡山市民となった事を意識した。そして郡山市とは市外の人に対して自己紹介するときの出身地となった。だから私にとっての故郷とは富久山町ということになるのだろう。

職業人生　《出会いと再会》

二〇〇六年の夏から三重県の四日市に単身赴任し、NANDメモリの生産工場で働いていた。二〇〇八年を迎え、福島に住む父の容態が悪化していたが、頻繁に見舞いに行くには遠すぎた。千葉の自宅からなら車で三時間ほどなので毎週の見舞いも容易だった。その父は五十五歳でJR（国鉄）を定年退職し、以降は二十五年余りを趣味に過ごした。私も健康寿命に大差は無いだろうと、父の余生の過ごし方に羨望を持っていたので、二〇〇八年の末で三十二年間続けたサラリーマン生活に終止符を打つことにした。五十四歳の時だった。

父は現役時代から長年盆栽を育て、釣り、競馬云々と趣味人たちとの交遊を楽しんでいた。書道については退職を機に書道会にも属し、展覧会に出品し、中国にまで拓本旅行に出掛けた。やがては教授免許と【幽渓】という雅号を得て、書道教室を開き近所の子供たちに教えることを楽しんだ。母は月謝収入よりも菓子代の出費が多いと言っていた。

自分自身は今も個人事業主として片手間に仕事を続けてはいるものの、報酬を得る手段と言うよりは趣味同様の楽しみである。仕事そのものが報酬のようだと思っている。

次に示す経歴表は私が経験してきた四十三年余りの職業人生の歴史である。

期間	所属	主用業務	影響分野
現在 | 09.01	個人事業主	・堀場エステック: 技術指導 ・コーテック: 技術顧問 ・エドワーズ: マーケティング	・半導体製造装置 ・半導体生産 ・半導体製造工場
08.12 | 06.08	サンディスク	・工程別生産能力分析評価 ・設備投資計画分析評価 ・新卒技術者トレーニング	・NAND SSD ・メモリカード ・携帯プレイヤー
06.07 | 94.10	アプライド マテリアルズ (AMJ/AMAT)	・半導体技術者トレーニング ・技術シンポジウム開催 ・半導体装置マーケティング	・人材育成 ・先端知識共有 ・半導体生産
94.10 | 93.03	日鉄セミコン ダクター (NPNX)	・収益改善設備投資分析 ・DRAM開発・生産技術 ・NORフラッシュメモリ	・社員雇用維持 ・PC 主記憶メモリ ・PC BIOS
93.03 | 84.12	NMBセミコン ダクター (NMBS)	・DRAM開発・生産技術	・PC 主記憶メモリ
84.12 | 83.12	伊藤忠データ システム (CDS)	・DRAM製造向け金属薄膜 形成装置顧客支援	・PC 主記憶メモリ ・電話ディジタル 交換機
83.12 | 79.08	クラリオン	・社内半導体技術構築 ・研究施設維持管理	・設備投資 ・資材購入
79.07 | 77.04	新日本無線	・先端半導体製造装置応用 ・アナログプロセス技術開発 ・新製品試作・評価	・論理IC ・電子チューナー ・オーディオ機器
77.03 | 73.04	東洋大学	・卒業研究(理化学研究所)	・リサイクル ・新エネルギー ・製薬

2003年5月　キャリアディベロップメントアドバイザー(CDA)資格試験合格

2004年3月　人間総合科学大学人間科学科卒業

2007年12月　衛生工学衛生管理者免許取得

三十二年間に七社を経験したが、全てが半導体関係の会社であり、この業界ではよくある『転社』の回数であり、『転職』ではない。『転職』という観点でいえば『エンジニア・研究員・技術開発・ビジネス開発・マーケティング・テクノロジスト・トレーナー・ファブプランナー』などを経験した。今思えば大抵の仕事が面白かった。面白さに欠けたのはクラリオンでの最終年だけである。

では何故に『転社』したのかと問われるだろう。その主な理由と合わせ、就職から個人事業までの経緯を簡単に振り返ってみた。

◆求職活動をしていた一九七六年は第一次オイルショックの後で、技術職を選択できるような状況ではなかった。たまたま大学からの推薦が得られたので、新日本無線に応募し合格して入社した。理研で微生物の酵素を研究していたので、新日本無線ではマイクロ波殺菌を行っていた部署になるのだろうと予想していた。

◆新日本無線では新入社員研修後に半導体製造課に配属された。半導体について全く予備知識を持たなかったが、挑戦的な環境で活気があり仕事に没頭する先輩達に刺激された。しかし偶然に新聞でクラリオンが郡山に開所する半導体研究所の募集記事を見、郷愁に駆られて、要項を満たさなかったが応募したら合格したので故郷の自宅にUターンした。

◆クラリオンで三年を過ごした頃から、半導体研究所では生産の具現化が望めず、将来に不安を抱くようになった。Uターンを果たし結婚もしたので郷愁の念からも解放されていた。それから暫くして伊藤忠では新規の半導体製造装置を取り扱うことになりプロセス技術者を探していた。輸入販売部門の長が自ら郡山まで足を運び勧誘し、年収程の支度金のオファーもあった。その熱意に答えようと入社を決心した。商社での仕事も面白かった。

◆CDSの顧客は全てDRAM生産会社で、装置のデモや立ち上げを通してDRAM技術を学んでいた。秋口になり装置を設置していた木場のデモルームへNMBSから二人の見学者が訪れた。NMBSが調達予定の装置見学だったが、一人はクラリオンの時に出会ったベンダーの一人だった。早々に装置は購入するからと、技術者としての入社を強く要望された。館山への赴任に対しては工場の近くに新築の一戸建ての社宅が用意されていた。

◆NMBSでの最初の仕事は米国INMOS社からの技術導入によるDRAMの量産化だった。問題点を見つけ解決法を考案し歩留り向上に繋げる仕事に熱中した。第二工場までは順調だったが、自分が開発を担当した次世代製品で第三工場を建造し設備を導入したものの歩留り向上が遅れてしまった。陳腐化した第一工場と第二工場の収益も低下して、大赤字となった。経営権がミネベアから新日鉄に譲渡され社名がNPNXと改称された。

◆NPNXは日立のDRAMの請負生産を前提として再出発した。その試作の間にNMBSのオリジナル製品の歩留りを上げ、生産コストの優位性も示して、製品開発メンバーとしての技術的責任だけは達成した。新日鉄と日立から転籍してきた経営陣からも厚遇を得たが、けじめとして退職は決心していた。ちょうど区切りがついた頃にAMATからの誘いがあって転社した。所属は本社の製品事業部の一つだったが勤務先は成田だった。

◆AMATの開発拠点戦略や事業戦略の転換で、AMJの成田にあったテクノロジーセンターは売却され、港区の湾岸のオフィスに転勤することになった。その頃にはサービス事業部に異動し技術者のトレーナーをしていた。仕事自体は面白かったが国内の半導体産業の衰退に伴い繰り返される人員整理や、自らの遠距離通勤の負担には気が滅入っていた。以前から声掛けがあったサンディスクに入社する決心をして三重県の四日市に赴任した。

◆四日市では東芝をパートナーとしてNANDメモリを生産し、毎年数千億円にも及ぶ設備投資をしていた。サンディスクとして投資額に対する生産能力や技術更新を評価する、ファブツールプランナーの役目を負った。希望して新卒エンジニア達の研修も担当させてもらった。二〇〇八年は世界金融恐慌の影響で経済が低迷し、設備投資は激減し新卒採用も減った。容態が悪化していた父の様子見を増やす為にも頃合いかと退職を決心をした。

◆サラリーマンの卒業で次の仕事のことは考えていなかった。たまたま千葉への帰還を伝えていたAMJの時の同僚がアルバイトの話を持ってきてくれた。二〇〇五年にAMJを退社し、千葉県の八千代市に本社を置くエドワーズジャパンで営業本部長をしていた。仕事は太陽光発電のマーケティングで、新規な分野で面白そうだと思った。納税があるので個人事業主として二〇〇九月の一月に開業して、この仕事を請け負うことにした。

◆個人事業を始めた事を知って、長い付き合いの友人が間接的な手伝いを求めてきた。TDKの中国広東省にあるSAEという会社で働いていて、半導体製造装置を応用して独自の電子部品を開発し生産していた。コーテックは日本で半導体の中古装置を改造し納入していたが、プロセス技術に疎いので必要に応じて相談に乗って欲しいという趣旨だった。納入装置に私の相談窓口が付いてくるという仕組みで二〇一〇年一月から開始した。

◆二〇一一年五月にエドワーズでの業務委託元がジャパンから英国本社に切り替わった。これを機にフルタイムだったエドワーズの契約を週三日に減らし、コーテックの仕事の比重を上げていた。AMJに転社し堀場エステックに出戻りして役員をしていた知人がいて、本社のある京都を訪ねて数年に亘り講演会と懇親会を続けていた。今度は有償での半導体技術やマーケットのスキルアップ教育の依頼を受けた。二〇一二年から請け負っている。

これまでは主に、『転社』についての履歴を振り返ってみたが、以下には『転社』や『転機』に大きく関わった人々との想い出を辿ってみようと思う。

◆新日本無線で製造現場実習中から目をかけて頂いた先輩がいて、埼玉大の物理出身で真空蒸着装置を担当していた。製造実習中に真空技術や膜厚モニタリング技術、装置の保守管理を指導してくれた。突然に日本TIに転社して埼玉県の鳩ヶ谷工場で働き始めた。一九八〇年に茨城県の美浦村で操業を始めるDRAM工場で働くという算段だった。二人で建設前の工場予定地を見て回ったりもした。CDSで担当したGenus社の金属シリサイド成膜装置の第一号顧客はTI美浦工場だった。当然のように再会の宴を開いた。

◆新日本無線にはもう一人の思い出深い先輩がいて、化学気相成膜装置の指導を受けた。京大の修士でアナログコンピュータを研究してきた。独身寮に住んでいたので、私がクラリオンに移るときに、アパート探しと家財品準備の手間が省けると、そのアパートを借りて住み始めた。暫くしてクラリオンでCADを導入することになった時、担当できるエンジニアが不在だったので、紹介して入社してもらった。CADの導入に伴いオペレータを必要としたので、地元の尚志学園という工業女子高で電子工学科を専攻し、卒業後に不本意な会社に就職していた女子の応募があって採用した。その娘は翌々年に私の妻となった。

後になってCADの経験者として、彼女もまたNMBSに転社した。この先輩は彼女にとっても、CAD技術の良き指導員になってくれた。この先輩からの年賀状が二〇一五年は届かなかった。三月になってお嬢さんからの挨拶状が届いたのだが、その先輩の葬儀が済んだことの報告と生前のお礼だった。六十四歳だったと記載されていた。

◆新日本無線では別の出会いもあった。高真空ポンプを有するイオン注入装置を導入した一九七八年に、連続稼働を目指してポリコールドという極低温冷凍機を取り付け、伯東から納入してもらった。顔なじみとなったサービスエンジニアが約束した日に来なかったうえ、それから姿を見せなくなった。六年後の一九八四年の秋にNMBSへの転社が決まったので、土曜日には御茶ノ水のオフィスで創業の準備を手伝っていると、死んだと思い込んでいた彼が面接にやって来た。早速に二人で再会の祝杯を挙げた。NMBSでは装置技術課のリーダーとして製造装置の稼働や人材育成に貢献した。しかし第二工場を立ち上げると退社して、一九九二年に気の合った友人と一緒にカムテック社を創業した。私がサンディスクに入社し四日市にいた頃は、そこも辞めてTDKの中国広東省にあるSAEという会社に勤めていた。二〇〇九年に再会したら、コーテックを通しての手伝いを頼まれた。二〇一〇年から何度かSAEの東莞工場や、週末だけを過ごす香港のマンションを訪ねた。二〇一一年の秋に日本に戻りコーテックに入社し、再度同僚として働くことになったが、その頃には癌の浸蝕が始まっていた。二〇一六年の七月に六十一歳で逝ってしまった。これほど私の職業人生に影響を及ぼした友は他にいない。いつも忘れかけている頃にヤアと声を掛けて現れた。007とは違って二度目の死では戻って来なかった。

◆クラリオンの時に分析機器やクリーンルームの購入先だった日製産業の人と顔見知りになっていたが、その人が購入予定のGenusの装置見学にCDSのデモルームを訪れた。NMBS創業を準備しているとのことで、この出会いによってNMBSに入社してしまった。NMBSがミネベアから新日鉄に譲渡されると、AMJに移って営業での部門長となった。私のAMJへの入社は承知していて、成田で再会したときは早速に歓迎の宴を開いてくれた。二〇〇二年に行われたAMATでの組織改革やAMJでの顧客減少による人員削減を前に、私を採用したAMATの上長はアシストテクノロジーズの社長に、NMBSに引き込んだ元上長はその会社の日本法人の代表に就任した。日本での最大顧客は東芝とサンディスクが運営する四日市工場で、そこを訪れた二人と再会した。二〇〇七年に始まった世界金融恐慌の余波による経済低迷で、二〇〇九年にアシストテクノロジーズは倒産した。その後二人はブルックスオートメーションに移り、米国本社と日本でそれぞれの代表となった。二〇一九年にブルックスからエドワーズに冷凍機部門が移譲された。その製品の一つが極低温冷凍機だった。私の因縁の友人がいた伯東は、今でも販売代理店を続けている。二〇一九年にブルックスジャパンからコーテックに血液の長期冷凍保存自動入出庫システムの管理依頼があり、NMBSの元上長と再会して昔話に花を咲かせた。もう一つの依頼先はカムテックとの事だった。勿論依頼された仕事は請け負うことになった。

◆AMJからの誘いは当該事業部長だった方の推薦だった。AMATの仕事は二〜三年で終了して、自分の下で力になるだろうと予想していたそうである。実際、シリコンウエハーの顧客については、競合他社に劣っていた装置性能の改善を図り、劣勢だった受注戦には顧客目線のシナリオで逆転したりと、スリリングなビジネス局面を一緒に乗り越えた。二〇〇二年の後半になって退職を計画していたら、トレーニング職を紹介して私の新たな能力開発の道を準備してくれた。今でも時々一緒に美術展に行き、ゴルフをし、事後の杯を楽しんでいる。同じ時代を生きて話が通じる貴重な友人だ。問題はお互いの健康だけだ。

個人事業主という楽しみをくれた恩人、転社の機会を与えてくれた恩人、一緒に仕事をした仲間達。四十三年間の職業人生を豊かにしてくれた全ての人々に感謝したい。

学びによる豊かさ　《有償と無償》

人はどんな時に学ぶことに興味を持ち、出費をしてまで学びに投資しようとするのだろうか。親としては子供の豊かな将来を願い、昔から習字、算盤、ピアノ、野球などの稽古や運動に投資し、よりレベルの高い教育環境に送り込むために、学習塾や進学塾に経費を注ぎ込んだりしてきた。しかし自分自身の教育に対する投資はどうだろうか。

人それぞれ時代背景と家庭環境に依るだろうが、私と兄と姉の三人は大学までの学費と生活費の全てを両親の支援で賄った。稽古事や進学塾については、親から行けと言われたことも、自ら行きたいと言ったことも無かった。その事を当たり前のこととして、格段の努力もせずに、その時に有していた能力の範囲で進学して就職した。

私自身は小学生から大学生までの教育を受ける場において、勉学を楽しむことが殆どできなかった。自分の手で何かを作ったり動物や昆虫と接するのは好きだったが、遊びに利用できる事でなければ興味が湧かなかったようだ。人並みには読み書きや計算はできたが、勉学においても身体においても人より秀でるようなところは何も無かった。むしろ速さや高さや距離などが測定され始めた頃は、より一層に運動能力の見劣りを実感させられた。

学びの範囲を勉学の事だけではなく遊びや趣味にまで広げれば、躊躇わずに技量や満足感の向上のために相応の支出をするだろう。子供の頃の小遣いの使い道でもそのような方面の使い方があったように記憶している。仕事をするようになってからは、不足した能力を補うとか、より本質を理解したいとか新たな学習に取り組むことも多々あった。自らの意思で取り組めば何事も楽しみで、多少の切り詰めが必要でも支出を厭わなかった。

初めて自らの意思で購入した教本は小学六年生の時の、『伝書鳩の飼い方』だった。まだ電話の普及も十分でなく、新聞社ですら社屋に伝書鳩を飼って記事の通信手段として利用していた時代だった。伝書鳩のレースも盛んで釣りと共に男の子たちに人気のあった趣味だった。自分の小遣いで釘や蝶番を買い、物置にあった端材を鋸で切って鳩小屋を造った。鳩の持つ帰巣本能とか羽色の形質遺伝の不思議さを実感する良い機会となった。

小学生の頃は学校には白黒のサッカーボールが無かった。一九六四年の東京オリンピックや、次のメキシコシティオリンピックでの日本チームの活躍を見て興味が深まった。中学校の体育の授業でサッカーが取り入れられその面白さを知った。残念な事に私の中学にはサッカー部が無かったので身近なものでは無かった。岡野俊一郎の『サッカー教室』とかいう教則本を買って、色々なボールの蹴り方やパスの出し受けを読みながら練習した。

中学生の時の小遣いは月に千円しか無かったので、それを勉学に使うことは極力避けていた。高校受験用の参考書や練習問題集などは兄や姉が使ったもので間に合わせた。英語だけは独自だった。新し物好きの父が自分で使うわけでも無く、オリベッティ社の機械式英文タイプライターを買っていた。兄や姉は何回か試しただけで居間の隅に眠っていた。黒赤二色のリボンが付いていたので、This is a pen. から教科書を写し、難しい単語は赤にした。付属の教則本に従い左小指でのaaaから練習してタイピングを覚えた。体系的な練習がスキルの向上に有用なことを学び、この練習のおかげか英語嫌いにならずに済んだ。

高校に入学するとサッカー部に入ったが、中学校での経験の差が歴然としていてほどなく挫折して退部した。当時は市内のあちこちにボーリング場があり学割で安くできたので下校時や休みの日に頻繁に通った。おかげでスコアは２００点あたりまで上達した。隣席の山岳部の級友の誘いで、冬山のスキー合宿に飛び入りで参加し以降にスキーや登山も始めた。近所の級友とスキーと弁当を担いで駅まで歩き電車でスキー場まで行って練習した。何でも練習すれば上達することを学び自信を得たが、勉学はなおざりとなってしまった。

高校での成績が芳しくなかったので、当時は公害問題で人気とともに合格点の低かった、東洋大学の工学部応用化学科を受験し合格して進学した。一年目は教養科目中心だったが、高校とは雲泥の差の高度な内容で全然ついていけなかった。電磁気学にしても量子力学にしても、高校で学んだ程度の微分や積分の知識では間に合わず、記述されていた方程式の持つ意味を全く捉えることができなかった。やっていけるのかと不安で仕方無かった。

ならば庭園設計に方向転換しようかと、偶然見付けた通信講座に申し込んで、庭園設計における木や石の描き方などを学んだ。この取り組みが意識しての自己開発投資の最初だった。だが学友との交遊が面白くなり、理解は浅くても必要な単位は順調に取得でき、無難に進級を果たして在学を続けた。初の自己開発投資は気休めとしてだけ役立ったようだ。

『産学共同実習』という選択科目で二単位が得られたので、三年生の夏休みにダイセル社の中央研究所で実習した。それまでの全ての授業を合わせたよりも有用で、『化学』を身近にすることができた。ダイセルは大正時代に創業した歴史ある化学の大企業である。富士フイルムの親会社だったと言った方が分かり易いだろう。化学材料の合成の実習を通して、化学反応後の化学結合を機器分析し解析した。学生実験とは違った新製品開発に向けた企業の活動現場を無償で経験できた。夏休みと引き換えであったが、価値ある体験になった。

卒業研究では講座の中で唯一興味が湧いた発酵工学に取り組みたくなり、講師だった理化学研究所の先生の所に派遣してもらった。そこでは微生物を培養して酵素を取り出し、不要物質から有用物質を合成する、化学的リサイクルの可能性を研究した。実験結果を論文にまとめることが日常で、種々の英文の文献や論文を読むこともルーチンワークとする訓練を無償で受けることもできた。微生物関係での就職は叶わなかったが、就職先の新日本無線での半導体技術の仕事では想像もしなかったほどの面白さが待っていた。

半導体における技術職の仕事は、より性能の良い半導体チップをより安く作るという挑戦だった。分野は違ったがアプローチはダイセルや理化学研究所で経験したことが大いに役立った。入社後早々に後のインテルの会長となったアンディ・グローブが三十一歳の時に著した、*Physics and Technology of Semiconductor Devices*（１９６７）を勉強させられた。現在でもその原本は二百ドルを超えるが当時は高額過ぎて手が出なかった。配属が半導体だった同期数人と輪講し、分からないところを先輩に質問した。自らのスキルアップは自らせよという環境だった。当時は米国が半導体技術の先端を牽引していたので、図書室に入る新たな文献を毎月チェックして読み続けていた。

仕事の面白さとは裏腹に、化学出身でかつ数学にも弱かったので、個体物理や半導体製造装置の制御などはチンプンカンプンだった。しかしドクターと呼ばれていた上司に重宝され、新技術の導入や新製品の開発を次々と任された。入社三年目に電気や電子の基礎を学びたいと思い、文京区の後楽園にあった電機学校の夜学に入学し、アパートも小石川に変えた。交流理論、ロジック回路、シーケンス制御などを学びだした。しかし生まれ故郷の郡山にクラリオンの半導体研究所が開所されることを知り、応募したら採用されたので、赴任に伴い半年余りでの中退となった。学費と転居の投資で二年半の蓄えは消えてしまったが、それでも新しい領域の知識が増えたのだから意味ある投資だった。

クラリオンの半導体研究所では三つの研究室が設けられ、異なった幾つかの分野の開発に取り組んでいた。ある時から半導体デバイスの理解を深めるため、研究員全員で週一回の輪講を始めた。この時に使った教科書はS. M. Szeの*Physics of Semiconductor Devices*（1969）で、当時の半導体従事者のバイブルとなっていた一冊だった。就業時間内だったので無償で勉強ができた。別途に希望者が費用を分担して開催した米国人夫妻を講師にしての英会話教室にも加わった。自費での東京電機大の電気工学の通信講座も受講した。

半導体は研究よりも生産直結型と思うようになっていた頃に伊藤忠から誘いがあって転職した。DRAM向け最先端半導体製造装置の輸入販売に伴う、プロセス技術支援の仕事だった。せっかくUターンしたのに、四年半でNターンしてしまった。製造元はカリフォルニアにあったGenusというベンチャー企業だったので、そこへの出張や納入装置の立ち上げ時における製造元のサービスエンジニアとの会話、英文マニュアルの翻訳から不具合改善の連絡など英会話は必須だった。翌年の四月から半年間、就業の後に週一回の英会話教室に通って会話力を向上させた。英会話教室での交遊も楽しかった。

一九八四年の十月に三十歳となったが、その時には四社目となる新しい会社への転属が決まっていた。伊藤忠の顧客の一つとなったNMBセミコンダクターで、日本初の半導体ベンチャー企業として、千葉の館山にDRAM工場を建造し一九八五年の操業を目指していた。Genusの販売を通して日本の全てのDRAM製造会社の人々と知り合い、開発者からはデバイス技術や製造技術を学び、納入先の設備や施設部門担当からは安全性や排ガス処理に関する質問に対する返答を通して付帯設備についての知識が深まっていた。

英国のINMOS社からの技術導入だったが、実際には米国のコロラドスプリングスの工場からの技術移転だったので、三カ月ほどそこに駐在して現地での生産の実際を学んだ。それはまるで返却不要の奨学金を得ての留学のようだった。この留学実習を通し歩留りの実情と生産手法やデザインの問題点の糸口が掴めかけていたので、館山の工場に赴任してからは思いのままに改善を施し、より高い歩留りの実現に没頭した。

DRAMは三年毎に繰り返される世代交代という技術革新のために、多額の設備投資と人員追加が必要で、かつ過当競争を勝ち抜かねばならなかった。NMBセミコンダクターはその消耗戦に脱落しミネベア傘下から新日鉄に売却され日鉄セミコンダクターとなった。操業からの一員として退職を念頭に置きながら、一区切りまでと新経営陣の指示に従った。思いの外厚遇を受けてより広い範囲でのマネージメントを嘱望された。長年担当してきた製造技術から卒業させられて製品技術や設計を見る部門を任された。新経営陣、新組織の下に、経理部門との売上や利益率向上のための設備投資提案まで仕事範囲は拡大していった。ファイナンスの重要さを学ぶとともに自分自身の不向きさを確認できた。

一年半ばかり過ぎて自ら開発の責任を負っていた製品が収益の主軸として収益頭となり、新会社として軌道に乗ったことが確認されたので、少し前から誘いがあった米国の半導体製造装置会社のアプライドマテリアルズに移った。世界一の半導体製造装置メーカーというよりも、一つの装置のプロセス開発だけで良いという狭い責任範囲の方が魅力だった。当時は日本法人だけでなく本社でも半導体デバイスの経験者が少なかったので重宝された。入社後に仕事の責務や部署が次々と変わったが、新しい経験として技術マーケティングのマネージャやテクノロジストして新規顧客開発を担当した。顧客を招待しての技術シンポジウムは会場設定から講師依頼や食事準備までやってみたが意外に簡単だった。日本での反響を知って本社企画としても米国、台湾やドイツなどでも開催するようになった。プログラムを任され、旅費も食事代も会社負担でイベント業を学ぶことができた。

二〇〇〇年頃になると自己開発補助制度ができて年間十万円程度を負担してもらえたので、その年に創立して一期生を募集していた通信制の人間総合大学に入学した。四十歳台後半になっての授業は面白かった。通信制とは言え金曜日を含めた週末に面談の授業もあったのでできるだけ面談のある科目を受講した。医学、生理学、栄養学、心理学、経済学に文学や歴史など、一三〇単位近くを修得して二つ目の学士を得た。四年間で二百万円を超える出費とはなったが、授業だけでなく授業後の先生との夕食も楽しかった。もちろんアルコール付きだった。この大学では仕事とは直結しない学ぶことの面白さを知った。

大学卒業前の二〇〇三年からは社内の技術者向けトレーニングの仕事に就いた。二年間は学生であり教師であった。さすがに世界一の製造メーカーだけあって装置技術コースは整っていて顧客のトレーニングも行っていた。私の担当は顧客の利用している技術を日本の社員に理解してもらう事であり、顧客に提供している装置の利用目的や顧客要求を正しく理解できる素養を高める事だった。教材は一から全てが手作りだったが、自分自身の理解向上に役立った。また国内十五カ所余りのサービス拠点を巡っての出張授業は、食べ歩きの旅でもあり、胴囲の5㎝アップによる衣服購入費は嵩んだが楽しい三年半だった。

だが楽しい日々は永遠には続かず、半導体不況の影響で人員削減と成田の事業所が閉鎖され東京の新オフィスに転勤となった。これまた頃合い良く、四日市で東芝（現在はキオクシア）とNANDメモリ生産で協業していたサンディスク（現在はウエスタンデジタル）から投資評価という役目で誘われていた。その時に人材育成の方が面白いと言って躊躇うと、新人育成と併せてどうかということになって受諾した。我儘と言えば我儘だが仕事は面白くできるに越したことは無い。多芸は面白さを増やすことにも繋がるようである。

二〇〇八年になって世界金融危機の影響で不況となり、設備投資や人材採用が凍結となったので、これを機にサラリーマンを卒業する決意をした。千葉の自宅に戻ったら、真空機器のエドワーズ社に勤務していた元の同僚から半導体のマーケティングのアルバイトを紹介された。半導体技術動向の把握は面白く十年余りも自営業として続けている。

この間に千葉県立農業大学が無料で開催していた農業準備講座を受講して園芸の基礎を学ぶことができた。貸し農園で練習を重ね、二〇一八年からは農地を購入して管理小屋を造って自営業と菜園生活を楽しんでいる。過去最大の自己投資となった。新しい生活には新しい学びが伴い、それもまた面白さの薬味として味わいを深めてくれている。

引っ越し　《生家から終の住み家》

進学や就職あるいは転職により居住地を変える場合が多々ある。人によっては出身地で一生を過ごし、人によっては転勤によって海外を含めて各地を渡り歩くこともあるだろう。出生の地がやっぱり良かったと一度は離れてもその地に戻る人もあれば、たまたま訪れた地が気に入りそこに骨を埋める人もいるだろう。

ふと自分の場合は、これまでどれ程の転居を繰り返してきたのだろうかと思った。住めば都という諺があるが居住先との相性はマチマチであり、住み難さのため直ぐに転居してしまった所もあれば気に入って長く住んだ所もある。その時々での心情を思い起こしながら引っ越しの経緯を振り返ってみようと思う。

一九五四年に福島県安積郡（現郡山市）富久山町久保田で生まれた。古い生家は建て替えられたが、高校を卒業するまでは同じ敷地内の家で過ごした。人生で最初の引っ越しは大学に入学した一九九二年の春だった。東洋大学の工学部でキャンパス内にあった二人一部屋の学生寮に入った。住所は川越市鯨井という奇妙な地名で、鶴ヶ島市に隣接する西北部の外れに位置し、東武東上線の鶴ヶ島駅からは徒歩で十五分ばかりの所だった。全国からのおよそ八十名の新入生と共に入寮し、新天地での不安を払拭しながら学生生活に慣れ親しんだ。基本的に入寮期間は一年だけで二年生になる前に引っ越さなければならなかった。

人生で最初のアパート生活は東武東上線と川越線が交わる川越駅西口から徒歩五分の所だった。春は転居の季節で物件の内覧ができないままに契約してしまった。六畳間で便所付きとの説明だったのに実際は四畳半でトイレは共同だった。戸建ての家で使わなくなった二階の二部屋を貸し出していて、部屋の鍵は鶏小屋に付けるような掛け金に南京錠だった。騙されたと思い込み一階に住む大家とは良い関係が構築できず直ぐに転居を考えた。夏休みの前に川越から二駅ばかり池袋側の上福岡市（現在はふじみ野市）に引っ越した。

今度はアパートらしいアパートで六畳間に三畳ほどの台所が付いていた。ただ二室に玄関一つという構成で玄関横に二室共用のトイレという特殊な間取りだった。物干し用の小さな庭もありその前は畑だったので日当たりが良くて閑静だった。上福岡駅の東口から商店街を突っ切った先にあり、歩いて五分ほどの上福岡市上福岡という住所だった。翌年になると南側の畑にアパートの建築が始まり、日当たりが悪くなりそうだった。遊びに来た級友にその不満をぶつけると、建築現場に置いてあった厚板に目を光らせ、補償の代わりにその板を頂いて、スピーカーを手作りしようと言いだした。無断で拝借してご免なさい。

アパートの契約は二年間での更新だったので、日当たり難とトイレ共用の解決を目指して新たな物件を探した。不動産屋が紹介してくれたのは、三室二階建てのアパートの二階の真ん中の部屋だった。遊びに行ったこともあるアパートで、一階の入り口には学科は違うが寮で同じブロックにいた友人が住んでいた。同じ上福岡駅だが反対側の西口から徒歩十分弱に位置し、畑となっている斜面の降りかけの所に建っていた。確か住所は上福岡市亀久保だった。ドアを開けるとキッチンで、左手が流しで右手がトイレだった。

大学四年生の卒業研究は大学と反対方向にあった理化学研究所で行った。専攻は応用化学科だったが、理化学研究所の微生物生態学研究室の室長だった先生の発酵工学の授業に興味が湧いて、卒業研究の受け入れをお願いした。同じ研究室におられた一人の研究員が、私のアパートが近所である事を知り、何度か夫人の手料理で歓迎して頂いた。大学の学友達とはアパートでの麻雀や酒宴で交遊を続けた。

卒業研究とともに求職活動をしていた一九七六年は、第一次オイルショックの後遺症で就職の間口が狭かった。残念ながら微生物や今で言うバイオサイエンス分野での就職口は見つからず、大学から新日本無線という会社の推薦を受けて入社した。電子管と半導体を二本柱とするエレクトロニクスの会社で、新入社員研修の後に半導体部門に配属された。

勤務先はアパートと同じ上福岡市内にあり通勤時間は徒歩で二十分程だった。仕事が面白くなったので、理解を深めるため電子工学の基礎を学ぼうと思った。三年目の春から文京区にあった夜学の電気大電気学校に通うことにして、学校の近くでアパートを探した。

都内で山手線の中央に位置した文京区の家賃は高かった。月給が十三万円くらいの頃、上福岡では六畳間で一万五千円だったのに、小石川では三万五千円もした。鉄製の階段を上り二階の共有の玄関を開けて中に入るのだが建物も階段も朽ちかけていた。最寄り駅は地下鉄丸ノ内線の後楽園で、礫川《れきせん》公園を北側に抜けて十分程だった。周りにはお寺が多く傳通院《でんづういん》の裏側で、銭湯も近くにあって便利で静かだった。荷物は寝具と書籍程度だったので、川越に住む学生時代の友人に頼み、父君が仕事で使っていた二人乗りのダットサンを借りて運んでもらった。学校は小石川後楽園を挟んで後楽園球場の西側にあったので、授業を受けていると時々大きな歓声が聞こえてきた。小石川療養所跡の小石川植物園も歩いて数分の所にあり、休みの日には散歩の時に何度か立ち寄った。

引っ越しして間もなく、Uターンしたいと思っていた郡山にまたとない仕事が見つかった。少ない収入から学校の入学金と授業料を振り込み、アパートの礼金や敷金を払ったばかりなのに、半年余りで学校を退学しなければならなかった。カラオケ機器で有名だったクラリオンが、半導体への進出を目指して、郡山事業所の一角に半導体研究所を開所しようとしていたのだ。新日本無線での仕事は面白かったが、Uターンができて半導体の研究職に就けるのだから迷いは無かった。採用は一九七九年の七月だったが、半導体研究所の開所は十一月頃だったので、三カ月間は戸田にあった本社事業所の研究開発本部に通って研究所開所前の準備をしていた。小石川から郡山への引っ越しの記憶は消えてしまったが、持ち帰った書籍は今も残っている。

クラリオンに入社して三年が経った一九八二年の秋に同じ研究室で働いていた地元出身の娘と結婚した。それまで食費として月に三万円だけ母に渡していたが、その安心感から車を買い、趣味や交遊に費やして殆ど貯蓄は無かった。たまたま隣地に私の生家よりも古い、大正時代に建造されたと思われるオンボロ屋が残っていたので、父が購入資金を出して買い求め、生活ができる程度に改装してくれた。壁からも床からもすきま風が吹き込み、風呂は台所の土間に仕切り無しに置かれただけで、新婚に供するようなものではなかったが、大いに助かった。その時から母への月三万円が父への五万円と変更になった。

Uターンを果たし結婚して、古くても戸建ての庭付きに住み始めたのに、仕事ではモチベーションを失っていた。半導体技術では周回遅れとなっていたので、最先端技術を使った量産に接したいと思っていた。頃よく伊藤忠のエレクトロニクス部門から、半導体の生産に使うタングステンシリサイドの気相化学堆積装置の販売開始を前に、技術支援職のオファーを受けた。支度金五百万円に釣られて翌一九八三年の十二月に異動した。

所属はCDSというコンピュータと半導体製造装置を取り扱うサービス専門の子会社で勤務地は木場だった。一時間以内の通勤圏でアパートを探したが東京の家賃の高さに驚かされた。見つけたアパートは『こち亀』で有名だった亀有駅から徒歩数分の中川二丁目で中川の側だった。給料が二十万円程度だった時代に、木造2Kで家賃が七万五千円は大きな負担だった。伊藤忠の仕事では上長も同僚も工学系の出身が多く話が通じやすかった。一九八〇年代で事業用のコンピュータや半導体装置を扱っていた部門なのだから当然だ。そんな環境での商社マンも悪くないと思っていたが半導体産業の渦に巻き込まれていった。

顧客は有名電機メーカーばかりで、日本が世界を席巻し始めた64KDRAMを生産し、次世代の256KDRAMを開発していた。顧客に対応しているうちにDRAM技術が身に付いた。その年にベアリングのミネベアが、異業種なのにDRAMへの進出を狙って、千葉の館山に生産工場を建設していた。あるとき木場のビル内に設置していたデモ装置を見学に来た人が知り合いで、このプロジェクトで製造装置の調達をしていた。一緒に来た方が初代の工場長で、早速にこのプロジェクトへの参加を要請され移籍の条件が提示された。
年俸もさることながら社宅の話が格段に魅力的だった。約百五十坪の土地にビルトインガレージ付きの３ＬＤＫの戸建てが二十戸建造中で、好きなものを選んでいいと言う。商社の仕事も面白かったがアパートの狭さと東京の家賃に将来の不安を持っていたので、今度は新築の社宅に釣られてしまった。勿論、そこでの仕事は世界最高速で動作する次世代２５６ＫＤＲＡＭの量産化だったので興味津々だった。伊藤忠からは担当した一億円を超える装置を三台購入したので良好な関係を続けることができた。工場は館山駅から５㎞ほど東の山本地区と呼ばれていた小山の上に建てられ、社宅はその手前にあって徒歩十分程で通うことができた。

一九八五年の春に館山の社宅に引っ越し、翌年には長男が生まれて仕事も家庭も充実していた。五年が経って仕事では成果を認められ館山での生活にも慣れて、永住しようと思い始めたら持ち家が欲しくなった。行きつけの床屋から紹介を得て百二十坪の宅地を購入した。館山駅から北西に５㎞程の国分という地区で、住宅地の端で田畑に囲まれ用水路には川蟹が生息していた。庭の南側の向こう５００ヤード辺りにはゴルフ練習場のバックネットが高く聳えていた。一九九一年の春に書斎付きの３ＬＤＫの二階建てを完成させた。

ただ次男の誕生が六月だったので、夏になって社宅を出て新築の我が家へ引っ越し、順風満帆の新しい生活を始めた。

しかし安定は長く続かなかった。現地では三世代目となる4メガDRAMの開発と三つ目の半導体工場の稼働の責任を負っていたが、歩留り向上に手間取ってしまった。旧世代製品では収益が得られなくなっていて、一九九三年の三月に、この半導体事業がミネベアから新日鉄に譲渡された。待遇は変わらないばかりか優遇されて昇進もしたが、どこか居辛さを感じていた。一年ほどで担当製品の新工場での量産を軌道に乗せ、第一工場や第二工場の収益向上のための新製品導入立ち上げも見えたので、一九九四年の十月に退職した。

時機が見計られていたように、半導体製造装置メーカーで世界の首位だったAMAT社の日本法人であるAMJから誘いを受けていた。勤務地は成田で空港から車で十五分ほどの野毛平工業団地で、仕事は次世代DRAMの基幹プロセス技術の開発と世界の主要顧客への対応だった。まずは家族を館山に残し単身赴任した。時期を見て家族を呼び寄せる予定で、成田の駅から徒歩で数分の所に駐車場が二台分付いた3LDKのアパートを借りた。東京で借りた2Kのアパートから十年余りが過ぎ月収は三倍以上になっていたのに、成田のアパートは倍以上の床面積があっても家賃は月十万円と安かった。生活を始めてみたら子育ての地として良さを強く感じ、新居を普請してから家族を呼び寄せることにした。

実際に購入した土地は成田市に隣接する印旛郡の栄町で、学校や医院、スーパーなどを包含した大型の分譲地だった。一九九六年の初めに4LDKの今までより一部屋多い二階屋を建造して転居した。所属や業務は次々と変わったが勤務地が成田のうちは仕事と生活の両方を楽しんでいた。しかし十一年が過ぎた二〇〇五年の末になると状況が一転し、成田の事業所が売却される事になった。芝浦にオフィスを借りて事業スタイルも転換するという発表だった。翌二〇〇六年の四月から七月までは芝浦のオフィスに通った。

通勤時間に二時間以上を有したので、会社都合という理由が受け入れられ、割り増し退職金を得て転社した。退職を前に四日市で東芝と協業していたサンディスクからのオファーがあったので渡りに船だった。そこでの仕事はNANDフラッシュメモリの設備投資の評価だった。まずは二〇〇六年の八月に家具や家電が付いた月極めアパートを借りて赴任した。長男が大学二年生、次男が中学三年生だったので単身赴任だった。近鉄の四日市駅の隣の新正という駅の近くで地名も新正だった。早速にゴキブリの歓迎と虫刺されの攻撃を受けたので、週末を利用して周辺探索と合わせて環境の良い新居を探し始めた。

鈴鹿山脈の麓にある湯の山温泉に繋がる近鉄湯の山線沿いで、四日市から二駅目の伊勢松本駅のすぐ近くに物件を見付けた。五階建てのマンションの最上階の２ＤＫで隣は大家だった。北方向７㎞辺りに勤務先の工場が建ち、東は伊勢湾で四日市の花火大会が眺められた。西には鈴鹿山脈が横たわり20㎞も行くと峠を越えて滋賀県だった。鉄筋コンクリート造りの最上階の角部屋は太陽光暖房で、夏はエアコンだけでは冷房しきれなかった。

四日市に赴任した頃から父の容態が一段と悪化していたのに見舞いに行ける頻度が減っていた。二〇〇八年の九月からの世界金融危機が半導体事業にも影響を及ぼし、新規投資や人材採用が見送られるようになった。丁度良い時機かと次の仕事を決めずに、その年末での退職を決心した。伊勢松本からの引っ越しで持ち帰った家具や家電は、翌年に就職して転居して出て行く長男の就職祝いとなった。

月に一度の父の見舞いを再開したが、東日本大震災が起きた二〇一一年の五月に見送った。サラリーマンは卒業したものの、仕事が舞い込み個人事業主として収入を得ている。

思いのほか個人事業が長く続いたので、二〇一八年に安食駅から十分程の所に百九十坪ほどの土地を求め、仕事場を兼ねて食住ができる小屋を建て、野菜を作りながら一人暮らしを始めた。玄関の反対側には老人ホームが建っている。ここが終の住み家になりそうだ。

毎年の同窓会　《真夏の再会》

還暦を迎えてからの毎年は、夏になると大学で応用化学科を専攻した級友と三人で集まり、一泊でゴルフと夕宴を楽しんでいる。学生の頃からの呑み仲間で、卒業後もそれぞれに機会を得ては杯を酌み交わしていたが、ゴルフも共通の趣味になったことから三人で集まる時はゴルフを加えるようになった。最初は私が転職し同じ千葉県内の館山から印旛郡の栄町に引っ越した二年後の頃だったかと思う。一九九六年に家を新築した翌年に、訪れた二人に就学したばかりの次男がチョッカイを出したので、体が大きな館山の友人に逆さ吊りにされた一コマが今でも記憶に残っている。大学の卒業は一九七七年だったので二十年余り経っていた四十三歳を前にした頃だった。それから更に二十三年が過ぎてしまった。

私は何度かの転社を経て五十四歳の年にサラリーマンを卒業し、二〇〇九年から業務を請け負っての個人自営業を始めたが、友人二人は最初の就業先で四十二年間を過ごし、共に二〇一九年の末に引退した。館山の友人は大学の卒業以来高校の教員を続け、埼玉の入間に住む友人は就職した会社が買収され企業名やオフィスは変わっても転出しなかった。今年からは皆が時間に余裕ができたので春と秋の年二回の同窓会を計画していた。

一昨年に私が自宅のある栄町に菜園付きの菜園管理を兼ねた小さな事業所を造り、来客用に一部屋を用意したので、前回と前々回は合宿のような同窓会となった。今年から予定した年に二回開催の企画は、予期しなかった新型コロナウイルス感染の騒動で実現できず、結局は例年どおりの夏開催となってしまった。但し一泊二日の一プレイではなく二プレイに増加し、七月三十日㈭と三十一日㈮に実行した。

今年のゴルフ場の天気もまた例年とは違っていた。真夏の太陽の陽ざしの下で大汗をかきながらプレイすると思っていたのに、梅雨が明けずに両日ともに朝方は小雨が降っていた。カッパを着るほどでは無かったので、むしろ汗に比べれば服は濡れないで済み、老体には優しい天気で二日間の二プレイを楽しんだ。三人のスコアは90＋86、92＋90、92＋96で、私は真ん中の成績だった。

例年ならば成田や栄町の居酒屋で祝宴をしていたが、今年は事業所から車で五分程の利根川沿いにある鰻屋で早めの夕食をとって、本格的な夕宴は事業所に戻ってからにした。夕食後の休憩に堤防の駐車場に立ち寄り、夕暮れの穏やかな利根川の流れを見ながら、昨年の九月の台風15号と、それに続く十月の台風19号および豪雨の事を振り返った。台風15号はその強風により房総地区に甚大な被害を与え、後に令和元年房総半島台風と名付けられたが、館山の友人宅も屋根瓦が飛ばされ、今も修理が終わっていないと言っていた。

大学の所在地は川越市だったが、最寄り駅は東武東上線の鶴ヶ島だった。彼ら二人は入学当時より大学から徒歩圏内のアパートに住み続けた。私は一年目だけ学内にあった学生寮に住んだが、二年生になる時に川越に引っ越し、そこで大家と反りが合わずに半年ばかりで上福岡の東駅口側に引っ越した。それから二年して契約更新時期を迎えたので、次は西口側に引っ越した。学生時代から同じところに留まれない性格だったようだ。

入間からの旧友は新潟の出身で学生番号が一番違いの四〇番だった。大学一年生の化学実験授業は二人一組で行い、昼食を挟んで一日四時限で六時間だった。結果をレポートにまとめて受領されるまでだったので、彼と組むと要領が良いので早めに終了することができた。通常は学生番号が三八番のK君と一緒だったのだが、細かい所にこだわる割には結果が出ず、レポート提出が定時を超えていたのとは対照的だった。彼は入学以来テニス部に所属して後には主将にもなっていた。

大学四年生になり就職が決まったが、偶然にも彼と私の勤務先は同じ上福岡市内となった。卒業を前に私のアパートの近所に引っ越してきた。彼が親しくしていた級友が住んでいたアパートを借りたのだった。この偶然により大学の卒業後も継続して交遊が続くことになった。最初の私の仕事は半導体製造で、彼の仕事はエアゾル（スプレー）製造だった。就職してからは会う機会が年に数回と減ったものの、卒業後の二年間はアパート近くの飲食店で交杯を続けた。二年間というのは私が都内の後楽園にあった専門学校で電気を学ぶために、三年目の春にその学校の近くの小石川に引っ越してたからである。

折角の夜学だったが会社を変えることになって半年ほどで退学した。半導体の研究職でUターンの機会を得たのだった。たまたまこの会社が開所を計画していた半導体研究所が、生家のある郡山市の工業団地に建設されていた。このUターンを知って上福岡に住んでいた友人は、これ好都合と会社の後輩を連れてスキーにやって来た。スキーで滑っている姿の記憶は残っていないが、凍った檜原湖の上で撮った記念写真の映像が浮かんでくる。このようにして交遊の因縁が続いていった。

暫くはUターンの生活を楽しんだものの、三年も経った頃から半導体における研究職に飽き始めていた。やがて地元の娘と結婚をしたが、先端の半導体技術に接する仕事に就きたくなった。頃合いよく東京の青山に本社がある総合商社から、輸入販売代理店契約を結んだ先端半導体製造装置の技術支援の仕事が舞い込んできた。四年余りでのNターンとなり今度は足立区の中川に住み始めた。上福岡の友人は業務が変更となったとかで勤務先が池袋に変わっていた。仕事が終わると夕食がてら池袋で呑んで帰るのが日課のようだった。

　商社マンとして仕事を始めて半年程した頃に、今度は顧客として現れた一人の知人から、千葉県の館山に創業を準備している半導体工場を手伝って欲しいと頼まれた。前回の東京生活は半年、今度は一年余りで東京の生活が終焉した。館山には学籍番号一三番の大学の級友が大学の卒業以来ずっと高校の教師を続けていた。卒業以来一度も会ってはいなかったが、上福岡の友人から逐次様子を聞いていたので、赴任して直ぐに連絡を取り合った。

　それぞれに仕事に多忙で頻繁には会うことは無かったが、地元の魚屋がやっている魚の旨い店や、幾種もの焼酎が置かれて肴が旨い店に案内してもらった。季節に応じて旬のビワやトコブシなどといった地元産の特産品や魚介類も頂いた。彼は大学時代にゴルフ同好会に属していたが、私がゴルフを始めたのは館山での仕事を始めてから五年目頃だったので、十年間の館山在住中にゴルフの手合わせをした記憶は曖昧となってしまった。

　赴任後三年目頃だったような気がするが、大学時代の同好会での同級会幹事役が回ってきた。そこで元首相の鳩山一郎の別邸で、館山市に寄贈されて当時は国民宿舎だった「鳩山荘」で十名弱の同じ学科の級友で同級会を開いた。この時に声掛けして館山の友人と合わせ上福岡の友人にも参加してもらった。集まった皆が旧知の間柄であり、この時は人数も多くはなかったので、三人だけでの特別な企画は作らず皆と一緒に呑んだだけだった。

館山の級友は高校教師であり生徒の就職支援もしていたので、毎年卒業生を送り込んでもらった。半導体工場を増設するたびに三百人前後の人員の追加が必要だったので、数年間は彼の卒業生たちが会社の発展に貢献してくれた。残念ながら操業九年目を前に半導体不況を乗り切れず、経営権が譲渡され社名も変更された。工場自体は操業が続けられたので、私は新会社で一年半ばかり仕事を続け、復活の道筋がついたので、約十年の館山生活に終止符を打った。後になって級友は私の退職以降は生徒の送り出しを中止したと語った。

最初は敬遠していたゴルフであるが、何回かコースに出てみるとその面白さにはまってしまった。自らのゴルフクラブを購入したのは三十五歳になった頃だったと思う。同じ社宅の向かい側に住んでいた会社の先輩が先にテニスを卒業してゴルフを始めていて、しきりにゴルフへの転向を勧められていた。以来二〜三年の間、毎週のように一緒に練習場に行っては指導を受け、腕を上げながらコースでのプレイを楽しむようになった。

一年目の目標スコアは一〇八点、平均ダブルボギーだった。そして翌年の三十七歳までの目標は二桁、つまり一〇〇切りとなった。更に三十八歳までの目標を九〇切りとして、そこまでは順調だった。三十九歳で八〇台前半をクリアし、四十歳を前にして前半と後半の両方で三〇台を目標にした。しかしこの目標は今日まで達成することができていない。

ゴルフにはまって間もなく、会社の先輩と共に勝浦にあったフォーシーズンCC（現在は勝浦GC）に入会して、月例の競技会などにも参加するようになった。そこではオフィシャルハンディキャップを13まで減らすことができた。その先輩は転職も先で成田市に隣接する印西市に転居していて、ゴルフ場での再会を待ち構えていた。四十歳となった頃に私も転職して、単身で成田市のアパートに移り住んだ。

暫くは二人で勝浦のフォーシーズンCCまで出掛けたが、成田からは車で二時間余りもかかったので近場で新しい倶楽部の入会先を探した。結局は成田から車で一時間弱の霞ヶ浦の近くのセベバレステロスGCに入会し、二人でまた一緒に競技会に出始めた。ここのクラブでの最初に得たオフィシャルハンディキャップは16だった。確かその先輩は13で、時々はバックティーを使う上級者向けの〝研修会〟にも参加していた。

転職した翌々年に成田市の隣に位置する印旛郡の栄町に自宅を新築して家族と共に移り住んだ。新しい環境にも慣れたその翌年の夏に館山と入間の大学の友人に声を掛け、自宅に泊まってもらいセベバレステロスGCでプレイしたような気がする。そうであればここの会員となっている先輩に加わってもらっている。そうでないとすれば利根GC（現在は霞南GC）でプレイしたかと思う。

二人の友人には栄町の自宅にもう一回来てもらったように記憶しているが、セベか霞南のどちらかの企画だったはずだ。だが二〇〇六年に次の転職で三重県に単身赴任したことや、二〇〇八年にサラリーマンを卒業して二〇〇九年から自営業を始めたことで、数年にも亘り三人で集まる機会を逸していた。三人揃っての再々会は二〇一二年八月の金曜日の夕方で、館山湾沿いにある夕日の富士山を眺望できるホテルだった。

その頃は入間の友人が上野に勤務していたので、半休をとって東京駅から高速バスに乗れば二時間ほどで館山に到着できた。館山で高校の教師をしていた友人は仕事を終えてからで間に合った。私はたまたま業務委託を受けている中の一つの会社の社長に誘われ、前日にその友人の有する九十九里にある別荘に泊まり、集合当日にいすみ市にある大原・御宿GCでプレーの予定が入っていた。その社長は出身が同郷の福島県で、同級生にあたり、ゴルフと酒に加え麻雀も嗜むと言うので、これ幸いと同窓会を同級会としてお誘いした。

風呂に入り夕宴では再会の祝杯を重ねた。部屋に戻っては麻雀パイを借りて何年ぶりかの卓を囲んだ。事前の予想通りに学生時代から〝負けない〟打ち方をしていた入間の友人が勝利を得た。その友人は翌日の房州CCでのプレイも好調だった。テラス席での昼食の時には〝濃いめ〟と言って焼酎の水割りを注文した。以降のゴルフの昼食では〝濃いめ〟の焼酎が定着した。久しぶりの〝同窓会〟は同郷の〝同級生〟の参加によって、前夜祭に麻雀も加わって、喜々として学生時代に戻ったような一泊二日の合宿となった。

残念ながらこの同窓会が〝恒例〟になるまでには、更に二年間のブランクを必要とした。先に私は自由業に近い自営業に就いていたが、現役として仕事を続けていた二人の友人にとっては六十歳の定年までの残りの二年間だった。定年となっても雇用延長制度で年次契約をして仕事は継続したが、現役の時とは違って仕事最優先の時間の遣り繰りから解放されたようだった。そして五年前の二〇一五年から〝恒例〟の夏の同窓会を開始した。

恒例第一回は私の住む団地に隣接する成田フェアフィールドGCでプレイした。ゲストメンバーとして、かつて逆さ吊りにされた次男が加わった。公立の教員を目指していたが、採採用試験に合格せず臨時雇用されて二年目の夏だった。かつては強面で悪戯っ子にお仕置きをした館山の友人は、今度は教員の先輩として採用や仕事の助言をしてくれた。ドライビングディスタンスが短くなるとともに、時の流れと世代交代を思い知らされた同窓会となった。

翌年の恒例第二回は成田市内の白鳳CCで、前年同様に成田の駅前のホテルに前泊してもらい、二次会付きの前夜祭を楽しんだ。三回目はまた成田駅前のホテルに前泊し、成田フェアフィールドGCでのプレイだった。この時は以前の会社の上長に加わってもらった。年齢は三歳上だが、大学入学で二浪しているのでほぼ同世代だ。テーブル席の夕宴も一組のゴルフも三人よりは四人の方がずっと盛り上がって面白かった。

二〇一八年の〝恒例〟四回目からは自宅と同じ町内に新築した事業所に泊まっての合宿スタイルとなった。徒歩圏内に居酒屋や蕎麦屋があって呑兵衛たちとの夕宴に便利な場所にある。早速前夜祭は魚介の店と蕎麦屋のハシゴで、事業所に戻って三次会だった。翌日は前年と同じ成田フェアフィールドGCでプレイした。あいにく四人目のゲストを見つけられず三人きりだったが、呑んだ酒量は過去最高だった。

昨年の〝恒例〟五回目はその前年と逆の企画で、プレイをしてから事業所に泊まってもらった。プレイで疲れたようで蕎麦屋での夕宴で十分だった。野球部をみていてゴルフには参加できなかった次男が、夕宴後の麻雀のお手合わせにやって来た。さすがの〝負けない〟雀士の友人も、疲れには勝てなかったようで、居眠りしながらの一局だった。

来年からはぜひ春と秋の二回開催、一泊二日二プレイの新たな〝恒例〟に進化させたいものである。皆で集まってプレイができるのは十年に満たないだろう。夢や希望は無くなっても、毎年の再会だけは願ってやまない。ゴルフができる体を保ちたいものである。

味覚の記憶　《食べ物と飲み物》

食べ物や飲み物に対して人はそれぞれに複雑な嗜好を持っている。食材による好き嫌いもあれば、好きな食材でも好きな調理法もあれば嫌いな調理法もある。その食材や料理はいつ頃から旨いとかまずいとか感じるようになったのだろうか。飲み物を含めその食材や料理あるいは製品に出会ったのはいつだったのだろうかと思う事がある。また忘れられない味や食事の光景が浮かんだり、もう二度と味わえなくなってしまった母や祖母の料理の味や匂いが夢に出てくることもある。幼い日から青春時代の味覚の記憶を辿ってみようと思う。

おっぱいや離乳食の味やその頃の母の姿は全く思い浮かばないし、就学前までの家族の食卓も記憶も失っている。幼稚園では楕円形のアルミニウム製の弁当箱を使っていたが、その中身のおかずの一品すら覚えていない。就学前で記憶に蘇ってくるのは、全てが近所の駄菓子屋で買ったものばかりだ。一枚一円の塩煎餅やハッカ飴、五十銭だった黒玉は曽祖母のお使いの味だった。一個五円のゴム袋に入れられた〝ボンボン〟や割り箸が持ち手のアイスキャンディーは苺やミルクのシロップを水に溶いて凍らせただけだが、冷蔵庫が無かった時代で、夏には最高の贅沢なご馳走だった。

小学校に入ると土曜日を除き給食があった。コッペパン一個に温《ぬる》い脱脂粉乳一杯と一品のおかずだけだった。脱脂粉乳は舌触りがガサガサしたまずい飲み物の代表だった。初めてガラス瓶に入った〝パルミン〟という薄茶色した乳酸飲料が出された時にはあまりの美味しさに感激した。これにコッペパンを浸すとボソボソのコッペパンがご馳走に激変した。小学校二年生の時だったと思うが、近くの席だった女の子の机から、何個もの食べ残しのコッペパンが青かびを付けて転げ落ちてきた。その子にとって学校のコッペパンは喉を通らぬほどのまずさだったのだろう。

母は仕事をもっていたので、下校して夕食までの間に腹がすくと祖母にお握りを作ってもらって食べた。味噌お握りを作って頂戴と言うと、祖母は水を付けた手にご飯をのせてひと握りし、味噌を付けてもうひと握りして渡してくれた。私がお握りを食べ始めると祖母は手に付いた味噌を舐めていた。火鉢に炭を入れる季節の土曜日の昼や休日の日には紫蘇握りを焼いてもらった。祖母は畑で育てた紫蘇の葉一枚一枚の間に塩を挟んで塩漬けにしていた。味噌そのものもそうだが、野菜の味噌漬けと共に手作りの保存食だった。

火鉢に関連して思い出すのはカルメ焼きだ。焦げた黒砂糖の甘い香りに加え、手際の良い父の所作が目に浮かぶ。御猪口に一杯程度の水に黒砂糖とザラメを入れて火にかける。

溶けて煮詰まりかけた時に掻き混ぜ棒の先に適量の重曹を付け、火から遠ざけながらお玉に擦りながら掻き回す。膨れ始めると掻き混ぜを緩め徐々に引き上げながら中心に行き着くと、最後にスッと上に引き抜くのだ。暫し冷まして固まるともう一度サッと火にかけ、お玉との接触部分が溶けだしたら、三本の指で支えながら逆さにしてちょっと回転させてカルメ焼きをお玉から外して皿にひょいっと置く。一丁上がりだ。幼稚園から小学生の中学年頃の火鉢の季節の楽しみだった。自分で作った物より父の作った方が美味しかった。

更に祖母の味で忘れられないのは、夏の間のぬか漬けのキュウリとナスだ。遊びの合間にぬか漬けの樽を探って、掴み出した物を井戸水で洗ってかじっていた。最も手軽で小遣いを使わないで済んだ便利なおやつだった。その祖母は畑で里芋や山芋も作っていた。そして里芋の辛子味噌和えやトロロを作る時は特別にお手伝いの日だった。どちらも擂り鉢で調理したので、祖母が擂り粉木を回すときに擂り鉢を押さえる役目だった。祖母が作る里芋の辛子味噌和えとトロロはいつもとは違った特別の夕食のご馳走だった。最高のご馳走は鶏ガラの醤油煮だった。飼っていた鶏が卵を産まなくなると食用に変わった。屠畜もその後の調理も祖母の手に委ねられていて、鶏肉を食べられる機会は年に二～三度しか無かった。固い骨以外の部分を食べつくした。だが胸肉や腿肉を食べた記憶が微塵も無い。

小学校の中学年の頃になると、ようやくお茶以外にも新しい飲み物が加わった。オレンジ味の粉末ジュースで、ジュースとは名ばかりの甘味料と着色剤でできたような飲み物だった。丁度冷蔵庫を買った頃で、喉を渇かして帰ったときに、コップに粉末を入れて冷たい水を注ぐだけでできた即席〝ジュース〟は何よりの清涼飲料水だった。暫くして炭酸メロンが加わって、『飲む』という楽しみが増えた。

小学校の高学年になった頃にはワンランク上の瓶入り濃縮カルピスが常備されるようになった。この頃になると時には父母の晩酌に相伴して、日本酒やビールを嗜むようになっていた。しかしウィスキーは砂糖を入れたりもしてみたが、何度舐めても口や喉を焼け焦がすようで旨さを感じなかった。テレビで〝カルピスカクテル〟という宣伝があり、ブランデーを加えていた。ブランデーとウィスキーの違いなど知らなかったので、カルピスにウィスキーを垂らして飲んでみた。旨すぎて何倍も飲んで酔っ払ってしまった。

日本全体の経済が豊かになっていたのだろう。給食でもメニューが豊富になった。味噌汁だけでなくシチューや肉と野菜のとろみスープなどが登場した。コッペパンに付けて食べるとどちらの美味しさも相補的に向上した。ボソボソだったコッペパン自体もしっとりとした食感に変化していた。我が家の経済も良くなったようで、特別な日には街の中華飯店に行くようになった。注文品はチャーシュー麺と決まっていたが、それ以外に何があるのか知らなかった。この頃から次々に新たな旨いものとの出会いが増えた。

家族の恒例の行事として年末の餅つきがあった。鏡餅と切り餅用が大部分であったが、その日の昼食と夕食はつきたてを幾種類もの調理をして味わった。私は納豆やキャベツ炒め餅、大根おろしなどのしょっぱい、砂糖を使わないものが好きだった。クルミ、十年（荏胡麻）、黄な粉、餡子、人参の白和えなど、一回の食事では全ての味付けに挑戦することはできない量だ。父が電動鋸で左の人差し指を切り落としてからは、兄と私が杵を持つようになったが、祖母も老いて臼杵を使っての餅つきは終焉した。

当時の我が家の主な蛋白源は豚肉より格段に安かった鯨肉と庶民の魚のサンマだった。生前の母は当時は貧しくて鯨肉とサンマくらいしか買えなかったと言っていた。それでさえ食卓の主役を飾るご馳走だった。冬は味醂干しのサンマのひらきを火鉢で炙った。豚肉を買うのはカレーの時くらいだった。百円玉を一個渡され肉屋に行き並肉百円分を買ってきた。恐らく二百グラムよりも少なかっただろう。六人家族でそればかりの量だが肉入りカレーは旨かった。今では豚肉や鶏肉の値段は相対的に下がり、どちらかを食べない日はない程だが、鯨肉は見つける事さえ難しくなり、不漁でサンマは高級魚となってしまった。

小学生から中学生までの間、父は趣味人の先輩であり遊びの師匠だった。特に河川や湖沼における釣りを中心とした魚捕りと魚の調理の技術は秀逸だった。釣りでは自分で浮きや疑似針を拵え、絹の投網を柿渋汁に漬けて防水加工し破れを修復した。捕ってきた魚を加工するのも鮮やかだったが、竹を割いて作る長串も見事で、それに使われる愛用の切り出し小刀は、砥石で磨き切れ味が抜群だった。獲物の鮎やウグイに串を打ち塩を振って火鉢の火の周囲に立ててじっくりと焼いてくれた。湯気が立つ白身の淡白な味に、パリパリの焦げが付いた皮の食感に塩が加わって旨かった。満腹になるまでかぶりついていた。

祖母は体が弱って野菜作りを止めたが家事では活躍を続けた。醤油漬けのいか人参は福島県の郷土料理であり大好物の一つだった。これを作るには特別な下準備が必要だった。するめの身を縦に半分にし、それを鋏で1～2㎜幅に切らなければならないのだから、長時間の根気の要る地道な作業だった。六人家族で数食分を賄う数枚のするめを切っていた。当時の人参は臭いがきつくて好きではなかったが、いか人参は例外だった。干し柿造りのときも同様だった。リヤカー一杯の渋柿の皮をむき、吊るすためにヘタに残した小枝に紐掛けしていくのだ。橙色が茶色みを増し皺が寄り始めたら、とろとろで甘い。やがて焦げ茶色になり白い粉が吹き始めたらネットリして甘さが増した。固くなったものは刻んで食べた。

中学生になると昼食は弁当となったので、母の手作りのオカズに接する機会が急増した。冷えたご飯によく合ったのが、塩鮭に鯨の生姜焼きと豚肉の味噌漬け焼きだ。塩、醤油、味噌と、これらのしょっぱさは唾液を噴出させてくれた。副菜として常に大根や胡瓜の味噌漬けは欠かせなかった。梅干しという選択肢もあったが断然味噌漬けだった。だからお握りを持って出かけるときは、梅干し握り一個と味噌漬け握り一個という組み合わせだった。

ひと月かふた月に一度の特別なオカズは鮪の醤油漬け焼きだった。それは前日の夕食で残った刺身の再利用品だったが刺身より美味しかった。月に一度あるかないかの贅沢なご馳走なのに残ってしまっていたのだ。当時の刺身は近所の魚屋からの出前だった。魚屋の貸し出す大皿に一緒盛りで、オバサンが岡持ちで届けてくれた。鮪の赤身とカジキの白身、それに茹で蛸程度の品目だった。食べ慣れないご馳走だったので数切れ食べれば十分だった。

昨今はコロナウイルス禍の影響でデリバリーだ、宅配だと出前が再び脚光を浴びているが、自家用車で買い物に行く時代になっていなかったので、出前や配達は当たり前だった。鮨にラーメン・炒飯は店に行くより出前で食べた方が多かった。日本酒やビールは酒屋、武田のプラッシーは米屋が配達してくれた。今ではそれらの店ばかりでなく、八百屋も駄菓子屋も饅頭屋も殆どが廃業してしまい、生家の近隣の町並みはすっかり変わってしまった。

夕食でも新しい食材や調理が加わり新規のメニューも増えていった。その中で大ヒットだったのはニラ餃子である。キャベツや白菜は使わず、具材はニラとひき肉とニンニクだけだ。パンチが利いた香ばしさは格別で、これに勝る餃子に出会ったことがない。もう一つは白菜の朝鮮漬けだ。当時はキムチという名前が普及しておらず、今のような赤い辛子キムチも出回っていなかった。母が習ってきた朝鮮漬けは白菜漬けの葉と葉の間に、いか人参同様だがより細く切ったいかと人参、刻み昆布にニンニクと生姜を挟んだものだった。まだ脚が丈夫だった八十歳半ば頃までは、私が帰省すると言えば、いか人参や朝鮮漬けを作って待っていてくれた。これらを超す味は今も見つかっていない。

中学生の頃の小遣いの大半は空腹を和らげるか喉の渇きを潤すものに費やされた。今でも思い浮かぶのは、近所の饅頭屋が夏場だけ提供していたかき氷と、文具屋が兼業していたお好み焼きだ。氷の冷蔵庫で保冷した一辺が20㎝ほどの氷で、粉雪のように削られた氷はフワフワだった。脚のついた半球状のガラス容器の底にシロップをたらし、削った山盛りの氷の頂上にシロップをかける。選択肢はイチゴ、レモン、メロンの三種だけだった。お好み焼きは、溶いた小麦粉に僅かのキャベツを混ぜ紅生姜を載せ、鉄板に油をひき焼き上がったら醤油を塗り粉海苔を振って完成だ。それだけのものでも満足していた。

中学生までの交遊は町内に留まっていたが、高校生になると学区が郡山市内全域だったので、交友の広がりとともに新たな味を経験することが増えた。また、自転車で通っていたので行動範囲も広がり、併せて時代の変化が加わった。ボウリングをしたときは瓶入りのコカ・コーラやファンタ・グレープを飲むようになった。ウィスキーも旨さを感じるようになり、コークハイという新しい飲み方も加わった。

ある日、同じ町内出身の級友からラーメン屋に誘われた。具材は一種でニラが中心、スープは醤油、塩、味噌の三種だけで、味噌がお勧めだった。彼の日のチャーシュー麺を凌ぐ美味しさに魅せられた。その頃に登場したラーメン専門店の初体験だった。チャーシュー麺の中華飯店から十数メートルの所だった。このニラ入り味噌ラーメンでニラの味わいに目覚めた。インスタントラーメンを作った時にニラと豚のひき肉を炒めてトッピングしたら、安っぽい麺の味わいが格段に向上した。祖母が作っていた庭のニラが大いに役立った。

五十歳を前にした二〇〇〇年初めの数年間、富山県の高岡に出張の機会が何回かあった。その時の昼食に現地の支店の社員が勧めてくれた〝ニラ肉丼〟の旨さにはまり、出張の楽しみに加わった。ニラと豚肉を炒めたものを醤油ベースで味付けし、白米にのせただけのものだがこれが逸品だった。今でも時々思い出したときに手作りしている。母のニラ餃子、初のラーメン専門店のニラ味噌ラーメン、そしてニラ肉丼。自分自身でニラを栽培するようになって、大好きなニラ料理としてニラ卵焼きが加わった。いずれの料理もニンニクが旨さを増強してくれることを実感した。

高校を卒業する一九七三年頃までは、我が国の経済は発達途上で円安であり食料品の輸入は限られていた。また食品の物流や貯蔵技術が未発達であり、郡山市の我が家では牛肉は勿論のこと、鮮魚でさえ日常的に購入する事は難しかった。大学に入学して埼玉県の川越で暮らし、国内各地からの学友との交遊が始まった頃から、急激に新しい食材や料理に出会う機会が増し、公然と酒を飲めるようになってからは更に加速した。今では頻繁に食べるようになった鶏の唐揚げも当時は高価だった。初めて生姜醤油で刺身のサンマを食べたときはあまりの旨さに絶句した。鰯の刺身や鯵のたたきも二十歳を過ぎてからの経験だった。夏の岩牡蠣や牛タン焼きに至っては四十歳を超えてからの出会いである。

旨さに感激した食べ物は味わった時の光景も付随して脳裏に焼き付いているようだ。今となっては高校生の時のニラ入り味噌ラーメンも、母が作ってくれたニラ餃子や朝鮮漬けも二度と味わうことができない。時間の束縛から解放されつつあるのだから、せめて感動の味を自分の手で再現を試み、懐かしい味を探索しに出掛けてみようかと思っている。

体と心の反応　《回避と受容》

人それぞれに差はあるだろうが食べ物によって、あるいは同じ食材でも調理によって好き嫌いがあるだろう。小さい頃は人参、法蓮草、蕗、茗荷、芹、春菊、ウドなど臭いでそれと分かるような野菜が苦手だった。しかし『いか人参』は好物だったので食材が嫌いではなかった。同様に茗荷も味噌汁や卵とじは嫌いだったが味噌漬けはよく食べた。今でもそれらの殆どを好んでは食べないが、一転して人参と法蓮草は好きな食材へと変わった。

生活が豊かになりアイスクリームやケーキの味を知ると、それらを食べられる機会が待ち遠しかった。今でも美味しさは同じなのに、胃がもたれるようになってしまって、ゲップが何時間も続いてしまう。冷菓を食べる機会にはシャーベットを選びスイーツの時はプリンを選んだりしている。加えて、おかきや煎餅でも軽度の消化不良がおきてしまう。口の中では美味しいと感じるのに消化器が不快反応を示すのだから仕方ない。年を追って体に合わない品目が増えている。代わりの味わいを見付けて食の満足度を維持したいものだ。

では肉体的な不快反応はどうだろうか。二つあってその一つは免疫反応であり花粉症だ。ある日のこと突然に発症した。今から四十年近く前の一九八二年の三月の事だったと思う。

それは交際していた相手を車に乗せ埼玉県の川越に住む友人を訪ね、越生《おごせ》の梅林に向かう途中の杉林の車中で突然発症した。くしゃみが連発し始めたのだ。「ヒャー、花粉症だ」と友人は笑いながら叫んだ。その頃から花粉症を発症する人が増え出していたが私には初めて聞く症名だった。おかげで長距離ドライブと洒落込んだデートは水洟を啜りながらの帰路となってしまった。それから二十年は年が明ける頃から桜が散る頃まではひどく花粉症に悩まされた。幸い老齢となってからは症状が軽微となって助かっている。

逆に加齢とともに過敏になったのが嘔吐反射である。歯や歯茎が弱って頻繁に治療や定期的な歯垢の除去を受けるようになって、口の中に加わった固体、液体、気体の全てに対して反応してしまう。舌に触るようなステンレス製のヘラや唾液を吸収させるための脱脂綿、喉の入り口に溜まる歯の加工中にかける水や自分の唾液、詰め物やその前処理で使われる薬品や歯茎の消毒薬の臭いに緊張する。嘔吐反射が起きれば単に口の中の物を吐き出すだけでなく、腹筋や胃が収縮して痛み、時には背筋にまで連鎖する。実に辛くて怖い。

だから服薬時も神経を使っている。小ぶりの錠剤で表面がコーティングされていたりツルツルして臭いの無いものなら大丈夫だが、粉物や口の中に入れて内皮にくっつき易いもの、大きなカプセル、臭いの強い薬剤は特に注意が必要だ。先に薬を口に含み次いで水で飲み込むような危ない飲み方はできない。先に水を含み、そこに薬を落としてサッと飲み込むのが精一杯だ。だから粉薬は厄介極まりない。オブラートに包めば良いように思うが、全体の嵩が増しオブラート自体がどこかに引っ掛かって溶けて中身が出てくるに違いない。

臭いでも耐えられない場合がある。たばこの煙も嫌だが、たばこを吸っていない時に臭う喫煙者の口臭や体臭が不快でならない。見ず知らずの他人であれば離れれば良いのだが、友人や知人の時はそうはいかないので我慢しなければならない。香水は勿論のこと化粧品の香料も許容できる品種に出会うことは滅多にない。幸い強い香りが交雑する社交の場に出向く機会を必要としなくなったので自然と回避できている。外部からやってくる臭いだけでは済まない。これからの問題は自分自身の口臭と加齢臭になりそうだ。

小学生の頃、四十歳前後だった父は、よく毛抜きで頰に飛び飛びで生えていた何本かの鬚を抜いていた。また白髪を見つけては自分で抜いたり、私に白髪を探して抜くように命じたりしていた。私も白髪が出始めた頃は抜いたものだが、白髪が増えるのと毛量が減るのが同時進行したので白髪の増加を優先せざるを得なかった。父は七十歳を過ぎても毛量が豊かで、眉は白くなったが太く長くなって凛々しい顔立ちを維持していた。私の顔は眉がクッキリとしていた頃は父親似だったが、眉が薄くなったら母親似に変わってしまった。

還暦に近づいた頃から私の眉には時々猫の髭のような太くて長いものが飛び出すようになった。雑草と同じように見付けると抜いていた。また色変わりして白毛も現れだしたので毛抜きで始末した。そうしているうちに、新規発毛が激減して眉毛は痕跡程度になってしまい、テレーとした爺顔に変化してしまった。こんなことなら鋏で切っておけば良かったと後悔している。眉墨を入れると少しは締まって若くも見えるが、その効果を役立てる場を見つける機会が皆無に近い。毛量の少ない髪と消失しかけている眉で締まりが無くなった老い行く顔は、長年の不摂生の罰として受け入れなければならないようだ。

比較対象の父は庭の管理も徹底していた。百鉢を超える盆栽には朝夕に水遣りし、庭木は季節を迎えると剪定を怠らなかった。生えてきた雑草は見付ける度に抜いて、時には地面を這うようにして徹底して除草していた。私自身は盆栽の趣味は無いが、戸建てに住むようになったら父の行動を再現していた。雑草の逞しい生命力に驚愕しながら草をむしり、特に夏場は朝に夕に庭木や野菜達に水遣りをするようになっていた。意図しないで生えてきた植物は雑草と呼ばれて不快の対象とされてしまう。可哀相だが庭における生存競争だ。

庭において雑草と比べて桁違いに不快な対象は、野菜や木の葉を餌とする昆虫達とカラス等だ。特にナメクジとカタツムリは被害の与え方が陰湿で病気を併発させる。レタスやキャベツの根元から葉を食べて糞をこびり付かせながら内部に侵入する。その傷口から細菌が入り腐り出すこともある。黄金虫や揚羽蝶の幼虫は葉を食べ尽くして枝木に致命傷を与える事もある。カラスはトウモロコシやスイカを食べるが、甘くなければ試食だけで食い散らかしていく。三十年以上も専守防衛のみの対応で先制攻撃をしたことが無い。

戦後生まれで平和な日本で暮らしてきた私にとって、害虫や害鳥ほどの不快感は抱かないものの受け入れ難い対象は争いや支配を好む一神教の宗教〝悪用者〟と〝盲信者〟である。国内において観光として寺社仏閣を見学するのは嫌いでは無いが、積極的に参詣するようなことは無い。まして海外に出向いてまでキリスト教やイスラム教の寺院を訪ねたいとは思わない。宗教への嫌悪感を覚えるようになったのはいつ頃からだったろうか。

幼い頃は春分の日や秋分の日が近づくと墓に行き、生け垣を剪定し草をむしり墓参りをしてもらう準備の手伝いをしていた。対象が神なのか仏なのかは不明瞭だったが、台風が近づいたりした時には、仏壇に向かって手を合わせ被害が発生しないことを祈ったりしていた。秋祭りになれば近隣の町内会で子供神輿で練り歩き、最後には地区ごとの神輿と神社に集合した。年末には餅をつき、大きな鏡餅を玄関に飾るとともに、神棚を掃除し餅を供えていた。十二月には子供会で開催されたクリスマス会を楽しみにしていた。

その頃は全く宗教行事に抵抗を感じず、無頓着に生活していた。実家は真言宗の檀家でもあったが、仏事を強いられることも真言宗の教えや他の宗派の違いを聴かされたことも無かった。ただ隣家が日蓮宗だったので、たまに団扇太鼓に合わせ聞こえてきた南無妙法蓮華経という合唱が聞こえて不思議だったが、宗派の違いを理解しようともしなかった。

神道に関わる風習については違和感を覚える事はほとんど無く、神道を宗教と捉えてもいなかったように思う。海外に積極的に進出することも無く、国内でも布教による迷惑を被った事が無かったからだろう。自ら関わったものとしては結婚式と地鎮祭があるが、儀式の流れは覚えていない。お祓いや祝詞は日本語であり聞き取れたので嫌悪感は無かった。神道にも教派神道や皇室神道があるようであるが、身近だったのが神社神道で祭祀儀礼程度の関係しか無かったことで不快の対象に至らなかったようである。

仏教について違和感を覚え始めたのは小学生の時に経験した曽祖母の葬儀だったかも知れない。独特の節回しの読経が延々と続いて退屈だった。以来何度か仏式の葬儀に参列し、その度に意味不明の読経やら数珠の擦り合わされる音に辟易とした。大学生になって祖母が亡くなって、ランクによって表現が変わる戒名や、これ見よがしの梵字で書かれた卒塔婆などの経費構造を知った。葬儀の経験を積み重ねるたびに仏教を回避したくなった。

釈迦を受容できなかったのは、古代インドにおけるカースト制度を背景としたバラモン教の思想のせいだったのだろう。苦の輪廻から解脱を目指すとか真理による幸福と言って、糧を気にしないで済む出家信者が対象なのだから、一般民衆向けとなるには原点から遠ざかってしまっても仕方がない。そして歴史が物語るのは政治への利用や宗派間の争いである。

日本では飛鳥時代に蘇我氏の物部氏に対する覇権争いの差別化として利用され、江戸時代には寺請制度の名の下に幕府の出先機関として利用された。かつては葬式仏教なんてと思っていたが、昨今では葬式への利用に進化したと考えるようになって苛立ちが収まった。読経は漢語で書かれた文言を唱えているが、葬儀の場に見合ったものに和訳してもらいたいものである。出家した信者が学ぶなら漢語でも良いだろうが、一般民衆に向けて伝える努力を全くしていないのだから、宗教心も湧いてこない。豪華な袈裟を身に着けて権威を見せびらかす坊主の姿は今となっても不快でならない。

仏教と同様に原点から外れて仏教よりも巨大な権威組織に陥ってしまったのはキリスト教であろう。『旧約聖書』や『新約聖書』に何が書かれているか分からないが、神の国の福音とか贖罪とか神が前提のようである。約二千年以上も前のパレスチナのユダヤの地でユダヤ教徒の堕落を背景として自称神の子が救世主として登場し、その教徒達が数十年をかけて作り上げたのがキリスト教のようである。『旧約聖書』を同じ聖典とするのにユダヤ教から独立したのは、ユダヤ教の問題点の修正を標榜したとすれば評価できる。

当然のように完全は無いことの証明として、カトリック、正教会、プロテスタント等々に分派していった。異教のみならず宗派それぞれが正統と主張し相容れないのだから、キリスト教が寛容を教える宗教ではないのは明白だ。教派の共通項目と言えば位階を有して高位ほど派手で高価な衣装を身にまとうことだろう。高位の祭服を手に入れたいと、活動したり選挙したりする人たちは聖職者なのかと疑問に思ってしまう。仏教と同様に高価な祭服を身に着けている宗教者は宗教屋に他ならない。

イエスが神の子だったのに対しムハンマドは啓示を受けた預言者としてイスラム教を創始した。釈迦ともイエスとも違って自らをイスラム社会設立のリーダーとして、勢力拡大のために暴力的に他教の具像を破壊し、軍隊を組織して敵対者の打倒を図っている。聖戦というわけである。当初から宗教という名の下に政治や社会規範を含めたイスラム国家を目指していたようだ。各地への伝播や時代によって戒律は変化しているようであるが、せめて他国に於いては、食材や飲酒、礼拝に対する戒律を強要する態度は改めて欲しい。

振り返ってみると私の宗教アレルギーは、歴史の授業で功罪のコメントが無いままに戦争と宗教のことばかりが次々と述べられていたことが引き金になっていたようであり、歴史という教科そのものを馴染めないようにしてしまった。ぜひ今後の中学や高校の歴史の教科書では史実に加え宗教の功罪を併記した教育を行ってもらいたいものだ。今の私にとって歴史とは愚かさから抜け出せない人間の事例集のようだ。

昨今は宗教にも増して政治や政治家により苛立っていた。我が国の首相への忖度による森友学園や加計学園の不正が追及されないとか、税金をばらまいたような桜を見る会の費用は横領にならないだとか、公文書の改ざんや廃棄が行われたことは腹立たしい。新型コロナ対応において持続化金給付の手続き業務の外部委託のために数百億円も電通に支払っていたなんて本末転倒だ。受信もしないＮＨＫに受信料を払えという法律も撲滅したい。

身近な外国では日本を叩くためならば歴史を捏造してしまう韓国の大統領や、それを支持する民衆、尖閣諸島や南沙諸島にまで進出し、香港の自治権を無視する中国政府、デモに対して国民に自国の軍隊の銃口を向けさせることを指示した米国大統領など、また人間の愚かさの事例が歴史に加えられることになろう。それらの為政者への抵抗者ではあるが、行動がとれない意気地なしの一人にしか過ぎない。せめて身の回りの事で反発を続けよう。

宗教の弊害や政治による圧制の実情に怒りが込み上げてくるが、併せて人間という生物の儚さを感じてしまう。こんなときはジョン・レノンの『イマジン』でも聴いて心を落ち着かせよう。論理性の無い宗教の盲信者や不遜な宗教ビジネス従事者にも聴いてもらいたい。

私は無宗教者であり、いわゆる世界宗教の否定者だが、全面的な神の否定者ではない。海の漁師には海の神、ゴルフ場にはゴルフの神、トイレにはトイレの神がいるとして、自らの行動を律し、与えられた場に感謝し、ささやかな幸運を祈れば、その実践者にも関係者にも喜びのオマケを与えてくれるに違いないと思っている。

幸い私自身は神や天国や来世、霊魂といった不幸から自由に生きてこられた。さほどは長く残っていないこれからの人生、宗教に汚染されていない私には天国も地獄も待ち構えていない。やがては炭酸ガスと水蒸気と僅かな残渣となって土に還るだけだ。あるがまま、なるべくしてなる、と受け入れて、謙虚に暮らしていくことにしよう。

夢《体験型から仮想型へ》

年をとるにつれて一晩に見る夢の本数が増え、ここ数年は毎晩五本にもなっている。自身ではこの原因を夜間頻尿と無呼吸症候群によるものだろうと推測している。寝つきは良いのだが、およそ一時間半毎に尿意で目を覚まし、その直前に何かの夢を見ていることが多い。十時半に床に就いたとすれば、十一時半、一時、二時半、四時、五時半頃が上映開始時間で、その三十分後がトイレタイムといった具合だ。上映の内容は全てが新作で、再上映を熱望しても目が冴えるばかりとなる。五回のトイレタイムがあった日には、体にも頭にも疲れが残り、昼食後の睡魔との闘いに敗れてしまうことがしばしばだ。

鼾をかくようになったのは四十代の半ばだったように思う。その騒音の大きさと振動に自分で驚いて目を覚ますこともあった。無呼吸症候群という症名が普及しだした頃に、客先や国内の支店を訪問する仕事が増え、外食の機会が多くなって若い頃よりも10kgほど体重が増していた。それから十年も放っておいたが、サラリーマンを辞めて自営業になった直後に無呼吸症候群の検査を受けてみた。何と三分に一回は呼吸が止まり、最長の停止記録は九十秒に達していた。起きているときは一分間でも息を止めるのが難しい。

医者からはCPAP（持続陽圧呼吸器）の利用を勧められたが、先ずは減量での改善に挑戦してみた。その頃に自前での野菜作りを始めていたので、腹一杯野菜料理を食べ、炭水化物の摂取量を少なくし、アルコール飲料を十分に飲んで、その分解にエネルギーを使うという戦術を採用してみた。これが功を奏し一年程で5kgの削減を達成した。鼾で目を覚ます事は滅多に無くなったが、夜間頻尿が増えて夢の深夜上映回数は増えてしまった。

ではどんな夢かと言えば、年と共に大きく変わってきて、簡単には言い表せない。かつては実体験に基づくものが殆どだったのに、昨今は記憶のパーツの組み合わせのようで、そのパーツで背景がセットされ配役として見知らぬ人物が登場している。そして一つの夢はストーリーも無く、ただ自身が登場しているだけである。自分と全く関係の無い脚本家が脳の中に潜んでいるようで、毎晩毎晩、多い時には五本も即興作品を提供してくるのだ。

例えば垂直の壁を自在に動けるミニカーが張り付いているのを見ている。何と車体にはダイソンと表示されている。各タイヤが独立して方向を変えられる。どのようにして垂直の壁に取り付き、どのようにして四輪を独立して制御しているのか、またそれを作ったのがダイソンであることを不思議だと感じているのは、夢の中の自分ではなく夢を見ている自分なのだ。ずっと脳が働き続け、目覚めると暫くは解けない謎解きの時間となっている。

次のような夢もあった。幼稚園で仲良しだったが小学校で学級が違ってから疎遠となってしまい、高校から顔も見ていない早苗ちゃんが現れた。大学のキャンパスで再会し、何処かに自転車で行くことを約束した。出発するよと相手のいるはずの部屋へ電話しても繋がらない。そこで現在勤める会社の社長室に行き秘書だった女性に電話番号を探してもらう。検索条件は『六十五歳』と『同じ幼稚園』だ。六十年間が混在して支離滅裂だ。

こんな夢もあった。五月になって灰色の冬のジャケットを着た長男が十一日までインドに出張するという。実際は五歳差の弟が幼児の姿のままでチョッカイをだしている。場面が切り変わり、昨年亡くなった母が後部座席左に見ず知らずのインド人と黒人を乗せて運転している。運転ができなかったのにである。そこへ今度は現在勤務中の会社の同僚が、ゴルフカートで中華飯店に行かないかと言う。インドと車で繋がっているが不思議な夢だ。

もっと不思議な夢もある。家具のニトリが半導体の薄膜形成装置を作っていて、私はその装置の反応ガス供給配管をチェックしている。エンジニアが立ち合っているが、初対面の人なので見知らぬ顔だ。反応室に入る前の接合部がアルミニウム製で、ラッパ状に大きくなる送気部品の溶接が実にうまくできていると感心している。そこへ突然に青い振袖を着た女優の綾瀬はるかがやって来た。「何だこの夢は」と眠りながら謎解きをしていたのだ。

トイレタイムが少ない夜は上映本数も減り出演者の顔ぶれに既知の人々が増加する。ある夜はゴルフがテーマだった。実際には無いのだが、成田空港内にあるゴルフ場に招待され車で向かっている。入門できるか心配していると地下通路経由で車寄せし、友人に案内されてオフィスに行く。そこへ、ゴルフなのにクラリオン時代の後輩二人が白いテニスの恰好で現れた。二本目は前職の実務報告だった。親しい先輩から四日市の半導体工場での仕事の経緯を話して欲しいと求められた。夢の中でも友人達に会えたのだから嬉しかった。

鼾はかいていても夜間頻尿の兆候が出る前は、夢のストーリーに不自然さはあったが、登場人物がはっきりしていた。忘れただけなのかも知れないが、上映は一〜二本だけでトイレタイムは皆無か一回きりだった。仮想に近いものと、体験はしていないが現実のものが混在したような夢が多かった。二十年以上も前の夢であるから記憶自体も大部怪しい。

その例は、一本目が単に椅子に座っていた私の所に妻がやって来ただけだった。二本目になると鉄塔の上に鷲の雛が二羽止まっていて、それらが滑空して来るとアダムス・ファミリーの四人に変身し、四人が地上に居る兵士に急降下してアタックした。三本目では何とゴルファーのタイガー・ウッズとハイタッチしたのだった。妻は何のためにやって来たのか分からない。鷲とアダムス・ファミリーと兵士に何の関係があったのだろうか。アダムス・ファミリーはテレビで見たコマーシャルだけだった。タイガー・ウッズとのハイタッチは現実には起こりえないことなので、夢の中であっても嬉しくて感激した。

次の例は転職のきっかけと採用条件だった。二人の中年の紳士と私が卒業した郡山市の行健小学校の体育館で、DRAM会社への誘いを受けて承諾した。職位年俸リストを見せられ、そこには一般管理上位職の所に六百万円と記載されていた。そこへもう一人の年配の男性が現れた。この中の最初の二人に会ったのは夢を見た夜の二十五年も前で、実際の場所は東京の木場にあった伊藤忠のビルで、そこに設置した半導体製造装置を見学に来た時の事だった。このDRAM会社はNMBSで、最初の二人は後の社長と専務で、もう一人は後の総務部長だった。また職位年俸リストなどは無く、実際に渡されたのは職務と年俸が記された採用通知書で、年俸は七百二十万円と記載されていた。出会った場所はかけ離れていたが、登場人物は実在した人々であり、年俸についてもかなり近いものだった。

更にもう一つの夢は時系列的に前の事例より何年か前の設定だった。クラリオンの半導体研究所に勤務していたメンバー達と、どこかの実験室の減圧アニール容器の前にいた。そこを訪れた東北大学の西澤教授に『誘電分極』の応答に関する説明をしていた。そこは大学のキャンパスだったと思われるが、外にあるトイレに行くというシーンで目が覚めた。

伊藤忠の前はクラリオンの半導体の研究所に勤務していて、何度か東北大学を訪ねたこともあった。セミナーで西澤教授の講演を聞いたり、毎年、蔵王の旅館で開催されていた半導体学習合宿でもご一緒させていただいたことがあった。しかしストーリーに出てくる技術や装置、そして場所や配役などは実際に体験したものと大きくかけ離れていた。

ここで丁度良いので付け加えておくが、私の古い手帳には夢の記憶が所々に記されている。当時の西澤先生は国内の半導体電子工学分野で著名な東北大学の教授だった。私がクラリオンに勤務していた二十歳台後半の頃に、先生は思わぬ妙案は眠っている時に現れるという経験から、弟子が結婚すると電気スタンドとメモ用具をプレゼントする、という話を聞いていた。私も似た経験が多々あったので枕元にメモ用具は置きはしなかったが、翌日に夢の中で気になった事やアイデア、後には不思議な夢を記録するようになった。

仕事においては歩留りを阻害している要因は何だろうかと糸口を探していたような時に、歩留りの分類マップの傾向を見たり、ある二極間の抵抗を測定しているデータと比較していたりする自分の姿が現れたりした。会社に行って確認してみると、そこに相関が見つかり不良対策を施すことができたりした。あるいは許容範囲の狭い加工技術に、一寸した工夫でマージンを広げるような妙案が浮かんできて、ヤッターと目を覚ましたこともあった。

そのような仕事での問題解決が、あれは就業中でこれは睡眠中だったとか、その問題自体がなんだったのかは殆ど忘れてしまったが、先に示したことは確かに経験した。仕事とは関係ないが、回転寿司の皿や搬送レーンの洗浄では斬新なアイデアが浮かんだりもした。回転寿司では皿やレーンの臭いと汚れが気になっていた。お茶やお茶由来のカテキンを洗浄の仕上げに使えば嫌な臭いが消えるぞと夢に見たりした。

時が経って寿司皿には無線タグが埋め込まれるようになったが、タグの故障と洗浄の手間に関心を抱いていた。もう何年も回転寿司を食べていなかったが、知人がくら寿司の米国法人のナスダック上場を支援していた事で店舗のＩＴ化に興味があった。最近に見た夢には、リサイクルできる紙皿への転換と持ち帰り用の紙製の岡持ちが登場した。店舗では握りが二個、持ち帰りでは四個がのり岡持ちは一段、二段、三段の棚型だ。どうだろうか？

テレビでしか見た事がない女優とのあり得ないような夢もある。一つは岸恵子と半導体生産の数量計画を議論していたのだ。全くマッチしない取り合わせである。もう一つは松原千恵子とどこかのレストランで同じテーブルについてダイエット食の蘊蓄を話していたのだ。そして注文したのがハンバーグである。どこに関係性があるのだろうか。岸恵子は二十歳以上、松原智恵子は十歳程年上で、私の相手役として出演した理由は何だろうか？

社会人になってからは仕事に関連した夢が殆どだったが、たまには会社の同僚が出演しても遊びのシーンや、自分だけ出演の風景だけの映像や、料理のおいしい匂いを感じているシーンなども経験した。映像はカラーで料理には匂いを感じていたのだ。

クラリオンの後輩で熊本大学では卓球部だったという元気の良い後輩が、雪が解けかけたグラウンドをスケーティングしている夢もあった。紺のウェアが似合って若々しかった。彼は熊本から郡山に来てスキーやスケートを始めたが、運動神経が抜群で直ぐに上達した。これは実際の話で、彼は除夜の鐘を聞きながら逆立ちして新年を迎える奇人でもあった。

峠にある鉄道の踏切の手前にいて二両の列車が左手から走ってくる。そこに子供に戻った俳優の西田敏行を連れて、館山の山本地区にある中華屋に行こうとしている。その中華飯店に行く時は山道を下り踏切を渡っていた。西田敏行は同郷の郡山出身で、中学校の時に母はそこで養護教諭をしていた。だが西田敏行と館山の中華飯店とは無縁だ。

中学校時代のある同級生の住む団地の奥に私の自宅があって、その道を彼と二人で談笑しながら歩いている。場面が変わり、吹奏楽部のクラリネットを借りて『見上げてごらん夜の星を』を朗々と吹いた。団地は現在彼が住んでいるマンションかも知れないが、私の家はその奥には無い。クラリネットは吹いてみたいと思っていた。

スープの池で鮑の刺身を釣っている。その強い引き具合はザリガニのようだった。非現実な釣りでありコリコリした刺身が生きているようでもあった。鮑のだしが出た透明の塩味スープが美味しそうだった。残念なことは餌や針の映像が見られなかったことだ。

ではは学生の頃の夢はというと、もう四十年以上も昔のことなので、具体的に覚えているようなことは殆どない。ただボワァーとしたイメージだけが殆どだ。もちろん若かったので、たまに性に関連した夢を見て夢精し、気持ち良かったという記憶だけは残っている。ただ経験不足だったので果たしてどんな夢だったのか何も残っていない。

むしろ怖かった思いをした幾つかのパターンが記憶に残っている。追いかけられて逃げようとするのに足が前に出ないとか、声を出して助けを呼ぼうとするのに声が出ないのだ。深い用水路の縁を歩いていてバランスを崩して落ちそうになることもよくあった。

良かったのは睡眠学習だ。特別な手法や機器を使っていたわけではない。単に眠さを抑えてまで勉強しなかったというか、眠さには勝てなかったので、眠くなれば寝ていただけの事である。特に大学生の時に理解が不十分で試験に不安があった科目で、夢の中で勉強して理解が進み、翌日の試験に出た問題が解けて及第点になったというのが何回もあった。究極の睡眠学習で大いに助かった。

中学生や小学生、幼稚園の頃の夢の記憶は皆無である。しかしそれよりも前の幼児期の記憶が一つだけ鮮明に残っている。それは「また夢を見たのか」と家族に囃し立てられ、結果として映像が焼き付いている。『おねしょ』だ。漏らしたときは自分で「金魚と泳いだ」と言い、家族の皆から「金魚と泳いだのか」とか「布団に地図を書いた」とか言われて、物干し竿には地図が書かれた布団が干されていた。今のところ夜間頻尿ではあるものの夜尿には至らずに済んでいる。やがて金魚と泳ぐ日がやってくるのだろう。

アマゾンからゆうパックでちょっと重い何かが届いた。中のポリ袋を開けると厚さ2㎝余りの一冊の書籍だった。私の記憶を辿った書籍だった。ああ、トイレに行きたいと目が覚めた。もう少しで中に何が書かれていたのか分かったのに、目次だけでも見たかった。おかしな内容の夢ばかりを見るようになってしまったが、夢を構成している要素は生きてきた証しでもあるようだ。まだ未公開の恋愛物語や青春時代のドラマが封切りされないで残っているかも知れない。ならば毎晩の五本の夢の上映を積極的に楽しもう。

夢に出てきた書籍は自費で出版すれば友人に贈呈できる。再会の時の肴の一品にもなることだろう。年内にもう数節を付け加えれば形になりそうだ。でもどのようにしたら自費出版できるのだろうか？　インターネットを調べればきっと方法は見つかるだろう。

自然の脅威 《体験と被害》

成田で一緒に仕事をした気の置けない仲間たちと時々ゴルフを楽しんできたが、六十五歳を超えてからはできるうちにもっとやっておこうと、九月十一日㊎のプレーの際に次回は十月九日㊎の実施を約束していた。九月までは成田近郊のゴルフ場だったが、十月は久しぶりに茨城県の霞ヶ浦の南側にある、私が会員となっているセベバレステロスゴルフクラブを予約していた。

九月末から続いていた好天と十日前からの天気予報に、十月九日は秋の青空の下でのプレーを期待していた。それが十月五日になると突然に台風の発生と本土への上陸が報道のトップに躍り出た。進行方向の広範囲な地域で秋雨前線を刺激しての大雨による災害が懸念され、特に難しいとされた経路予測に前日の午後までプレー実行に躊躇した。結局は小康状態になりそうだったので決行し、小雨の中ながらも旧友たちとのプレーを楽しんだ。その一週間前の秋晴れという予報は外れたが、台風には遭わずに幸運だった。

毎年日本でも世界各地でも甚大な被害を伴う自然災害が発生している。今年も七月は例年にない豪雨に見舞われ、熊本県では球磨川に架かった赤い鉄橋が増水によって流失した。

大雨の七月に対し八月は雨無しの猛暑が一カ月近くも続き、新型コロナウイルス感染状況と併せ熱中症での緊急搬送や死亡者数が報道を二分した。九月に入ると台風10号が暴風雨で九州に被害を与え、下旬には台風12号が関東地方に接近して交通を混乱させた。

今年の自然災害に比べて一年前の二〇一九年の自然災害は、更に甚大で身近なものでもあった。まず九月九日に台風15号が千葉県に上陸し、沿岸部で多くの住宅の屋根を吹き飛ばし、ゴルフ練習場のネットを吹き倒した。館山は十年余り暮らした街であり、大学の友人や当時の仕事の同僚も住んでいる所なので心配だった。大学の友人の被害は微少のようで、他に連絡を取った知人の家も大丈夫とのことだった。ただ一人の元同僚の家の屋根が吹き飛ばされたことを知らされた。一九九五年の秋の台風の時のことだったと思うが、住んでいた家の敷地の隅に建てた一坪半程の物置が強風で吹き倒されたのを思い出した。

復旧が始まって間もない十月十二日には台風19号の大雨が上陸し、千葉県の被災地に追い打ちをかけた。むしろこの台風は長野県の千曲川堤防の決壊や北陸新幹線の車両水没の様子が記憶に鮮明だ。故郷の福島県では阿武隈川流域の氾濫などで三十五名もの死者が出ていた。また郡山駅の東側に位置する中央工業団地が阿武隈川の氾濫で浸水したとの報道が気になった。かつてそこにあるクラリオンに勤務していたので被害状況を心配したが、周囲に対して１ｍの盛土をした事で、僅か床上２㎝の浸水で済んだと報じられていた。

一九八〇年冬の四十年も前の記憶になるが、新設された半導体研究所に赴任して間も無い頃の事だった。年末になって雪が降りだしたらクリスマスイブの午後に停電した。その晩は復帰に向けて泊まり込んだのだが、翌日になって屋上に出てみると、高圧線の鉄塔がドミノのように何機も倒れ、市内のあちこちは数日間も停電に陥った。湿った雪の着雪と重みで高圧線鉄塔はいとも簡単に倒壊することを目の当たりにした。

昨年の十月に話は戻るが、台風19号の上陸から二週間後の二十五日から二十六日にかけて、台風21号が千葉の数百キロも先の東南海上を通り過ぎて行った。太平洋沿岸にあった冷たい低気圧に暖かく湿った空気が流れ込み、千葉から福島にかけての太平洋側の地域に半日で平年の一月分にあたる２００㎜前後の記録を更新する豪雨となった。その日は特別な日で、昼から我孫子市の端にある病院で人間ドックを受けた後に、夕暮れ前に福島県の郡山からやって来る中学生時代の二人の同級生を迎えることになっていた。

昼過ぎに本格的な強雨だとは感じながら、利根川沿いの国道３５６号線を安食から我孫子へ向かって車を走らせた。三時前に検査を済ませ帰途についたのだが、雨脚が桁違いに強まっていて、ワイパーを最高速にしてもフロントガラスからの眺めは、まるで滝の内側のようだった。道路は土手の中腹を走っているのにタイヤの半分が潜るほど冠水していた。そして利根川は急激に水位を高めていた。

友人二人は国道４０８号で利根川の長豊橋を渡ってくることになっていたのだが渡りきって到着できるのか心配だった。四時過ぎに無事に到着して安堵したが、一年ぶりの再会の挨拶もよそに、道路が寸断されて引き返しになるかも知れないと思ったほどの豪雨の恐怖を味わったと語った。日が暮れる頃から安食付近の豪雨は収まり始めたが、テレビでは茨城から福島にかけての豪雨による危険性と被害状況を繰り返していた。もし二人が利根川を前に引き返していたら豪雨の移動に沿っての運転となって事故に遭っていたかも知れない。翌日には郡山での河川の氾濫や被害の様子が報じられた。

九月末日に母は九十五歳で亡くなり、十月二日が通夜、三日が告別式だった。九月九日と十月十二日の台風の合間に穏やかな葬儀を執り行う事ができて幸いだった。父が亡くなったのは東北地方太平洋沖地震が発生した二〇一一年だった。高速道路の雪と凍結が心配な一月と二月を除き毎月見舞いに行っていたが、震災で両親と兄の家族が暮らす家の屋根瓦が落ちるといった被害があって、この年の初めての見舞いが五月十四日となってしまった。そして翌日に訃報を聞いた。十六日の通夜と十七日の告別式の日も穏やかに晴れていた。

地震が発生した三月十一日は利根川の向こう側に借りた農園で春野菜を収穫していた。けたたましい雉の鳴き声とともに地鳴りがした。電線が回転し、その下に停めた車が上下に振動して、まるで縄跳びを始めたようだった。地震によって利根川の堤防は何カ所かで決壊し、流域のあちこちの家の屋根瓦が崩れ落ちた。幸い自宅に被害は無かったが凄まじい震動だった。再建を諦めた家屋は朽ちかけて無残な姿を残して今日に至っている。

半導体産業に身を置いてきたことで半導体工場に関わる震災の記憶が三つ残っている。その一つが一九八七年の十二月に発生した千葉県東方沖地震による震災だ。一九八四年の五月に設立されたＮＭＢセミコンダクターに十二月に入社し操業に携わった。翌八五年の三月に完成した工場に製造装置を搬入し、八六年の三月から量産を開始して、漸く軌道に乗り始めたところだった。仕事中に経験したことの無い大きな揺れに襲われた。製造装置が緊急停止し、火災やガス漏れが起きずに済んだものの、一枚が十万円以上の価値を持つ、加工中だった何百枚ものシリコンウエハーが廃棄となる損失を出した。幸い人身に及ぶ被害が無かったので、社員総出で復旧に取り組み数週間で復旧を果たした。

次の記憶は四十歳を超える人なら忘れられないであろう、一九九五年の一月の阪神淡路大震災を引き起こした兵庫県南部地震だ。前年の一九九四年十月に成田に技術センターがあったＡＭＪ（アプライドマテリアルズジャパン）という半導体製造装置会社に転社していた。そこでの職務は新規開発した特別な装置を販売開始する前に世界の主要顧客三社で性能評価をしてもらっていたので、手元に置いた一台の装置を使いながら顧客での問題点を解決するというものだった。顧客は米国、韓国、日本のＤＲＡＭメーカー各一社で、日本では三菱電機で北伊丹事業所内の開発部門だった。そこの事業所には何種類もの装置を納入していたので、震災対応は建物内の安全が確かめられてから、大阪支店を起点として復旧作業を行った。夏に近づいた頃から訪問しての打ち合わせを再開したが、出張の折に伊丹空港から向かうタクシーの車窓には、一年が過ぎても震災の爪痕があちこちに残っていた。

三つ目は二〇〇四年に発生した新潟県中越地震だ。ＡＭＪでの職務が替わって半導体技術教育となっていた。日本各地に点在する顧客の半導体工場にあわせてサービスセンターを有していたので、平日は客先での仕事が忙しい現地のエンジニアに向けて、二〜三カ月に一度、週末に現地での出張トレーニングを実施していた。十月二十三日は土曜日で熊本でのトレーニングを終え、翌日のトレーニング会場の大分に向かうバスの中で、大地震があったことを知った。週が明けて成田の事業所に出勤すると、顧客の一つで小千谷市にあった新潟三洋電子の被害と復旧支援が話題となっていた。損害額は数百億円と報じられた。

日本列島は地震から逃れられない地盤の上に飛び出した島国だ。北海道から本州、九州、四国といずれの地域にも半導体工場があって、その中の幾つかは地震のたびに被害を受けてきた。二〇〇六年の夏にサンディスク社に転職し、東芝と共同運営する四日市のNANDメモリ工場に赴任していた。建設中だった第四製造棟が二〇〇七年に操業を開始し、それとともにその建屋内の事務所に移ったのだが、その建屋は免震構造をとっていた。避難の時には可動範囲の周囲1mを避けるようにとの注意があった。また常時地震情報を入手して一秒でも早く判断して、その程度によって製造装置の緊急停止を行うようになった。

先に述べた東日本大震災の時には、茨城県のルネサスエレクトロニクス那珂工場が壊滅的な被害を受けた。生産品の多くが車載用の半導体だったために、国内の自動車メーカーは部品供給停止を余儀なくされた。一方で被害が甚大だったために、インフラ提供会社や半導体製造装置メーカーのみならず、日本自動車工業会も全面的な支援に動いた。その結果、操業再開まで一年近くかかると思われた復旧期間を半減できたようだった。かつてこの工場は常陸那珂と呼ばれDRAMを生産していた。一九九三年に館山で操業した会社が新日鉄に譲渡されたとき、日立からDRAMの技術を導入することになっていた。技術移転の役目を命じられ、日立の独身寮に住み込み、那珂工場に通った日々を思い出した。

二〇一六年四月の熊本地震では熊本城の建物や石垣の倒壊に驚かされた。ＡＭＪの熊本サービスセンターでのトレーニングの折には、城の向かい側にあった熊本ホテルキャッスルを利用していた。初めて訪れた時は天守を聳え立たせている石垣の高さと荘厳さに圧倒された。しばしば朝食の前に城内を散歩したが、あまりの広さに帰りに迷ってしまったこともあった。地震は十四日に始まり十六日にピークを迎え余震が続き、半導体や自動車関連の工場が被災して、サプライチェーンとして関連産業への波及も生じた。この時に業務委託を受けていた堀場エステック社の主力製品の生産が阿蘇工場で行われていたので心配した。翌週に京都本社を訪問した際、一週間程度で復旧できたことを聞いて安心した。

記憶に残る震災の中で東日本大震災は最も身近で切実だった。かつて学生時代の夏休みに泊まらせて貰った級友の実家のお寺が津波で破壊された。陸前高田市にあった金剛寺で、高台にあったのにまさかの津波に飲み込まれた。業務委託を受けていた二社の社員の実家も津波に流された。それぞれにお見舞いを差し上げたのだが、実家は二人ともに名取市の閖上《ゆりあげ》で、この件で二人が近所の幼馴染だった事を知った。内一社は名取に営業所があって七月に訪問する機会があった。近隣や仙台空港を案内して貰ったのだが、四カ月が過ぎても海から押し上げられた船が田んぼに残され、空港には漂着した車が山積みされていた。

東北地方太平洋沖地震では、二次災害として東京電力の原発爆発による放射物質の飛散もあって、生家の近隣には被災者のための多くの避難所が建てられた。生家の周囲でも場所によっては基準値を超える放射線量が測定された。今年は新型コロナウイルス感染を心配して帰省していないが、昨年は震災から八年が過ぎても、いわきジャンクションから郡山へ向かう磐越道では、対向車の半数近くが汚染土を搬送する大型トラックだった。

二〇一四年の新潟県中越地震では小出の友人の被害は軽微だったものの、柏崎に住んでいた友人は被害が生じたようだった。しかし建築会社に勤務していたために、地域の復興作業が優先だったと後になって聞かされた。一九九五年の阪神淡路大震災では神戸に住んでいた友人が被災した。住んでいたマンションが地盤の液状化によって傾いてしまった。

一方の風水害では、昨年の十月は東日本で大きな被害を受けたが、二〇一八年は七月に台風7号に刺激された梅雨前線によって西日本を中心に大被害が生じた。中でも岡山県の倉敷で河川が氾濫して避難勧告がなされたのでそこに住む友人の安否が気になった。同じ市内でも少し離れた地区で被害から免れたと声を聞かせてくれた。二〇一五年は九月の上旬に関東・東北豪雨に襲われ、茨城県を流れる鬼怒川が利根川に合流する手前の常総市で氾濫して大災害となった。この頃から「線状降水帯」が豪雨の原因とされるようになった。

豪雨や地震による自然災害を振り返ってみたが、天気予報では頻繁に台風や豪雨の襲来、あるいは熱中症の危険性や花粉の飛散状況が報じられ、自然災害を気にしないで過ごせる日々が少なくなったようにさえ感じるようになった。ちょっとした雪や凍結で首都圏の交通機関は支障を来し、しばしば通勤者の混乱を引き起こしている。自分で野菜を作るようになってみたら、強めの風が吹いたり豪雨に至らない雨が降っただけでも、揺られて弱ってしまったり、土を含んだ跳ね返りの飛沫で息が絶えたりすることを経験した。

人類は迫りくる自然の脅威を変えるまでの英知を獲得していないが、それでもうまく対処して避難することや、経験を生かして災害の規模を抑えるような備えを施すことを積み重ねている。実際、自然災害の規模の大きさの割には死亡者は多くない。自然の脅威の頻度の増加や規模の拡大は人類の加担によるものだとも言われるが、宇宙から見れば人類を一部の構成要素とした地球の出来事にしか過ぎないのではないだろうか。

記憶に焼き付いた自然災害は、その時々で過去に例を見ないとか言われるものばかりだ。残りが見えてきた生涯であるが、きっとこれからも先例が無いような自然の脅威を知ることになるだろう。せめて救助や復興作業の足手まといとならないように、これまでの体験や見聞を生かして、余生を楽しみ、静かに消えていきたいものである。

記念日《誕生日と訃報》

十月二十九日に六十六歳の誕生日を迎えた。誕生日祝いをされなくなって久しいが、入会しているゴルフ場だけはビジターの来場を促進するために、誕生の月と翌月に同伴者の割引特典も用意されているという葉書を送ってきた。委託業務を受けているコーテックの社長をしている『関口さん』から、高校の講師をしている子息を連れて一緒にプレーしたいと電話があったので、その優待割引を使って秋の一日を楽しんできた。いつもなら昼食時の乾杯の言葉は「お疲れ様」か「後半も頑張りましょう」なのに、この日は誕生日だった事から「おめでとうございます」と「ありがとう」に変わった。

現在の日本男性の平均寿命は八十一歳だが、先が見えてきて余命を考えるようになった。私が今六十六歳なのに対し平均余命は十九年となっているので、今生の最終年は八十五歳となる確率が高い。大正十四年生まれだった父は八十六歳になる二カ月前に逝ったので、ほぼ父と同程度の寿命になりそうだ。その父は趣味満喫を求め五十五歳を待って国鉄を定年退職した。同じ職場だった仲間達や趣味の仲間達と、それぞれに重なった趣味の領域で、書道に盆栽、釣りに競輪、競馬と現職中よりも慌ただしい生活を送っていた。

そんな父に対抗して一歳だけ早い五十四歳になったところで〝半〟引退した。それまでの趣味はゴルフ程度だったが、〝半〟引退として菜園での農作業と、気に入った仕事だけは引き受ける自営業を加えた。誕生日は昭和二十九年、一九五四年の十月二十九日だ。

家族であっても生年月日の全ては憶えておらず、必要とされた時に書き留めを見たり慌てて調べたり計算したりする。それが友人や知人ともなれば尚更で、余程の関連事でも無ければ、年月日の三つ全ての記憶が残っているのは稀である。兄姉や同級生の生誕年なら容易に連想できるので、月日だけを覚えれば良いのだが、実際はそれでさえままならない。

父の誕生日は大正十四年七月十五日、母は大正十五年二月二十日だ。西暦では一九二五年と一九二六年に当たるが、大正十五年が昭和元年に重なっている事を知らないと、父母の生誕年を西暦で導きだすことは難しい。兄は昭和二十六年三月十二日、姉は昭和二十七年九月八日であるが、学年と年齢の差で誕生年は容易に思いつくものの、月日は暗記できていないのでメモを見て引き出すしかない。年齢だけなら簡単に言うことが可能だ。

妻の誕生日は昭和三十六年で一九六一年六月一日、長男は昭和六十一年で一九八六年六月四日だ。ただ生誕の月日は覚えているものの生誕年が出てこない。次男については平成三年、一九九一年六月二十日なのだが年齢を聞かれると答えに詰まる。長男との年の差が五歳であることだけは憶えている。私以外は皆が六月の誕生日なので、家族が増えるたびに誕生祝いの規模は縮小し、長男が中学生になった頃からは特別な行事をしなくなった。

家族についてさえこの程度の記憶なので、誕生日祝いをした間柄の人であっても年齢を知らない場合も多い。これとは逆に全く知る必要もないのに忘れられない誕生日をもつ友人達が何人かいる。特別な日に当たっていたり、特別な数値で構成されたりしている場合だ。

記憶に刻まれた代表は高校生の時に前の席に座っていた『橋本健』君の誕生日で全く同じ日だ。しばらくご無沙汰していたが誕生日を前に急に思い出して電話してみた。お互いに容姿は大きく変わってしまっただろうが声だけで直ぐに認識できた。彼も誕生日が同じである事を覚えていてくれた。高校生の時からカワサキの650-W1という大型のオートバイに乗り、新潟にあった自動車工業科のある短期大学に進学した。大学卒業後はトヨタ系の自動車販売会社に勤続し、サービス担当に始まり現在は代表取締役専務を務めている。

ちょっと後の十一月三日の『文化の日』に生まれたのが『小林文雄』君だ。東洋大学工学部応用化学科の同級生で学籍番号が一番違いの三八番だった。必修科目で九〇分四時限の化学実験の相棒の一人だ。当時は化学そのものに馴染めず、相手は二浪して二歳年上という怖さから彼の拘ったやり方に従っていた。しかしどういうわけか彼と組むと、その日に提出すべきレポートはいつも最後の方になっていた。愛すべき屁理屈屋の拘り屋さんだ。

その八日後に誕生日を迎えるのは『御子《オコ》昌昭』君で、誕生日は一一月一一日だ。珍しい苗字の上、月日が『オール一』である。食べるのが人一倍早く、当人も『早飯早糞芸の内』と自ら宣言していた。ただ学生番号は一番では無く二番だった。函館東高校出身だったが御父上の実家が三重県の松阪だった。修学旅行とばかり学友四人でご親戚が守る実家に泊めてもらった事がある。竹林を持つ大きな旧家で風呂は五右衛門釜だった。夕食のすき焼きでは『和田金』の牛肉が振る舞われた。何と彼は名家の御曹司だったのだ。

学生番号の一番は『齋藤洋一』君で誕生日は昭和三十年の二月十五日だ。当時から一眼カメラにサイフォンコーヒー、アマチュア無線と趣味人だった。『洋ちゃん』は川越工業高校の出身で自宅から通っていたので、持ち金が僅かになると彼の家を訪ねて空腹を満たしていた。彼が不在の時に母上と弟君と三人で過ごした事がある。剽軽な弟君は部屋の灯りを消し、お尻を突き出してライターの火を近づけた。ズボンのお尻付近がボワァーと発火した。塞がらない口で「バカだね」と言ったオバサンの弾けた笑い顔が忘れられない。

この一、二番コンビは要領よく化学実験を済ませ先頭を切ってレポートを提出していた。

しかし『洋ちゃん』は車の事故で膝の怪我をした頃から単位取得に手間取り始め、卒業したのは最後になってしまった。留年しても学費は入学年度と同じだったと言っていた。

中学生の級友の誕生日で忘れられない記憶が三つある。その一つは『大木豊』君という級友の誕生日で昭和三十年四月一日だった。早生まれの末日が三月三十一日でなかった事を知った。彼とは中学校を卒業してから会う事も無く過ごしてきたが、誕生日という連想から突然思い出した。ただ学年が四月一日と二日で違う事になっている理由は知らなかった。

調べてみると学校教育法施行規則第59条により学年は四月一日に始まり翌年三月三十一日に終わる。また学校教育法第17条第1項によれば満六歳に達した日の翌日以後に最初の学年が始まる。だから満六歳になった児童が四月一日に小学校に入学することになる。問題はいつ六歳になるかであるが、これが明治三十五年法律第五十号の年齢計算ニ関スル法律というのがあり、誕生日の前日が終了する時（24時）に年を一つとるのだ。これらの法律により四月一日生まれの五歳は三月三十一日の二十四時に六歳となるので学年で一番若い入学者となる。閏年の閏日の人の年齢を考えれば納得である。誕生日は二月二十九日で四年に一回しか無いが、二十八日の二十四時に年をとるので閏日の問題を回避できる。

次は『橋本富士子』さんの誕生日で五月一日だ。この日はメーデーに当たっていた。労働者の日であり、当時は労働環境の改善や賃金のベースアップなど、労働者の権利を訴えるべく、労働組合によって大規模な集会やデモが行われていた。父は機関士として国鉄に勤務し、国鉄の組合組織の中で最も活動が過激だった動労（国鉄動力車労働組合）に所属していた。五十歳に届かない世代の人々にとっては、組合活動やメーデーは無縁かもしれない。メーデーになると当人の『富士子さん』とオードリー・ヘプバーンの面影が一緒に浮かんでくる。くりっとした目がそっくりで憧れのマドンナだった。

三つ目は記憶混沌の『佐藤映子』さんの誕生日だ。十二月十四日生まれで、映画の日にちなんで『映子』と名付けられたと言っていた、と記憶していた。いざ映画の日を調べてみたら次のようだった。明治二十九年に国内最初の映画が神戸で上映され、この年から数えて六十年目にあたる昭和三十一年（一九五六年）に一般社団法人の映画産業団体連合が十二月一日を『映画の日』と定めた。日にちが一に対して十四の違いならまだしも、制定年が一九五六年は誕生年の一九五四年から二年後の事だった。全く不思議な記憶である。

そこで当時彼女にご執心だった『根本栄太郎』君に誕生日と命名のいわれを聞いてみた。誕生日は覚えていないが名前の映は映画の映だったと同意してくれた。今に至って映画の日生まれの『映子』の謎が生まれてしまった。記憶力の確認のため早生まれと思っていた

『栄太郎』自身の誕生日を聞いてみたら、二月十五日で確かに早生まれだった。今でも付き合いを続けている一番古い友人だ。中学一年生の出会いから五十三年も過ぎてしまった。

誕生日に対して死亡や訃報についても数々の記憶が焼き付いている。その幾つかが二〇一五年から立て続けに発生した。それまで毎年、神戸の住所から届いていた『白崎俊正』さんからの年賀状が二〇一五年には届かなかった。三月の末近くになって住所が大阪で苗字が替わった氏の娘さんから挨拶状が届いた。それはお父上が三月十五日に六十四歳で永眠し葬儀を済ませたという内容だった。入院加療中だったとも記載されていた。

大学の卒業後に入社した新日本無線の川越製作所の時に二年先輩で直接の指導をしてくれた人だ。京大の修士を修了していたので四歳年上だった。入社三年目に電気を学ぶため夜学の「電気学校」に入学し、上福岡から東京の小石川に引っ越した。当時『白崎さん』は独身寮に入っていたので、アパート探しが省けると私が借りていたアパートに引っ越してきた。物臭でパンツや靴下が汚れると裏返しにして履いていた。間もなく私がクラリオンが郡山に開設した半導体研究所に移ったのを機に設計技術者として紹介して入所した。

クラリオンに入社してから一緒になった同い年の『鈴木規夫』さんと意気投合しよく飲んでよく遊んだ。二人とも私の兄と同学年であり、兄と『規さん』は同じ東京理科大出身だった事もあって親交が深まり、しばしば我が家に来ては四人で麻雀の卓を囲んだ。

訃報が先だったのは『規さん』の方だった。私がクラリオンを辞め伊藤忠に転職してからだったので、確かな記憶では無いが一九八四年の夏の頃だったと思う。そうだとすれば享年は三十四だった事になる。東京から帰省した折に、『規さん』と前社から同僚だった『菅原勉』さんに自宅に連れて行ってもらい焼香した。奥さんは私と同じ小中学校出身で一学年下の女性だった。それから三十年が過ぎて、次は『白崎さん』になってしまった。

その年の暮れが近くなって、高校の級友の『熊谷』こと『熊谷和年』君の訃報を知った。福島民報新聞には訃報の知らせが載るので、十二月十九日に彼の名前を目にした兄から連絡が入った。まだ六十一歳になって二十日しか過ぎていなかった。葬儀の日は翌週の二十三日で、平成二十七年の天皇誕生日で休日だった。ただ折あしく京都への出張の予定が入っていて葬儀には参列できなかった。そこで一週間後の二十六日㈯に自宅を訪ねた。

夫人と長男の『彬』君が在宅されていて、焼香の後に昨今の様子を伺ったりした。夫人や長男と会うのも話すのも初めてだった。死因は急性心筋梗塞だったようだ。『熊谷』は長男が生まれた時に大いに喜んで、名前は薩摩藩の藩主だった『島津斉彬』公にちなんで『彬』と命名したと言っていた。長男は物静かで落ち着いた口調で話した。その姿を見て騒々しかった『熊谷』兄と違って、物静かだった弟君の四十年余り前の面影が蘇ってきた。名前が思い出せない。私も息子たちもそうなのだが、兄と弟は対照的な場合が多いようだ。

しばらく思い出話をしていると夫人は古いアルバムを持ってきて見せてくれた。何と学生時代から結婚する前の写真の大半には私が一緒に写っていた。学生時代に彼は中野に住み私は川越やその近郊に住んでいたので、連絡を取り合ってはよく会って飲んでいた。彼は大学の卒業後から郡山に戻って就職していたので、私がUターンしていた一九七八年から八三年の四年余りの間については、二人で郡山の夜の街を頻繁に飲み歩いていた。

帰り際に五十歳を迎えて出版したという、〈「知命」五〇歳の意義〉と〈「知命2」あんな時こんな時〉という日誌集を頂いた。五十歳を直前に癌で早逝した父親に自分の寿命を重ねて慄いて生きていたらしく、自身が五十歳を迎えて漸く安堵を得たようで、冒頭にはそれまでの生き様の総括と今後の人生への覚悟を綴りたくなったと記されていた。

かつて彼が結婚した頃に新築したばかりのこの家を訪ねた事があった。まさか二回目の訪問が弔問になるとは、それまで一度ですら想像も予想もしなかった。

一年も経たない翌年の二〇一六年の夏となって、もう一人の『熊谷』の訃報を聞くことになった。『熊チャン』こと『熊谷正昭』君が七月初めに亡くなった。私より学年が一つ下だったので、先の『熊谷』君と同じ六十一歳で逝ってしまった。中国で仕事をしていたが、癌だったことから帰国して、私の業務委託元のコーテック社に入社して仕事をしていた。訃報から二十日ばかり経ってコーテックの『関口さん』の段取りでお別れ会が開催された。彼は数社の会社を起こし幾つもの仕事をしたが、全ての社歴を知る人は誰もいなかった。

彼と初めて会ったのは新日本無線に就職をした二年目の秋頃だった。ある約束の訪問日に姿を現さず音信不通となったので、その日に交通事故で亡くなったものと思っていた。一九八四年になって偶然に御茶ノ水にあったNMBセミコンダクターの新工場準備オフィスに面接で来社した。その夕方に生存を祝って乾杯し一緒に館山に移って新工場の稼働と運営で相補的な仕事仲間となることを確認しあった。館山での仕事以降はそれぞれの道に進んだが、彼の仕掛けにはまり最後はコーテックで再び同じ会社の名刺を持つことになった。

職業人生の中で回数も酒量も一番多く杯を酌み交わした友人だった。諸々の会社に勤め、自身の会社を起こした『出没注意の熊』も、二度目の死亡では生き返らなかった。

六十七歳になってみると先に逝った人を羨ましく思う気持ちも幾ばくか持つようになった。自分の足で歩き、自分の口で食べ、自分の頭で考えられる年月がどれ程残っているものだろうか。高度治療を付加していた癌の保険を来年は解約しようかと思い始めた。

自転車《乗り始めと昨今》

二〇一八年に建設していた菜園を有する自営業の事務所が完成したので、四月の下旬から利用を始めた。場所は千葉県印旛郡栄町で、成田市の北西部に位置し、南側には印旛沼を望み、北側には利根川が西から東に向かってゆったりと流れている。70㎞ほど下ると河口となり銚子の漁港に繋がっている。北側の空には太陽に照らされた青い筑波山が、西側の空には茜色を背景とした富士山のシルエットが望める。

二〇一〇年から利根川を渡って稲敷市の貸し農園を賃貸して野菜作りをしていたが、六十歳を迎えた数年前から耕作の時に股関節に痛みを感じるようになっていた。そのせいで脚が前に出にくくなり速く歩くことも長く歩くこともできない。整形外科でＭＲＩ検査を受けると、大腿骨頭壊死症とかいう診断が下され、大腿骨の頭頂が減って脆くなっているとのことだった。弱った部分の入れ替えは簡単だが、壊れるまではそのままにしておこうと勧められ、以降は定期的に進行状態をモニタリングしている。

担当医からは飛び降りとかジャンプとかで急激な負荷を加えると、壊死の途上にある骨頭頂は簡単に壊れるので注意しなさいと告げられていた。長年の運動不足で筋肉が弱っていたのをジョギングで対応することはできない。ならば自転車を漕ぐようにして下肢を鍛え始めようと思い至った。しかし、自営事業所の建設を計画したことで、土地の物色から売買契約、建物や外構の打ち合わせ、施工状況の確認、引き渡しと二〇一七年から二〇一八年の前半までは多忙で自転車を手に入れることさえなおざりにしていた。また事業所の菜園で収穫が軌道に乗るまではと、稲敷市で耕作していた貸し農園も二〇一九年の三月までは賃貸していたので、二つの菜園の作業で休日も多忙だった。

その貸し農園の賃貸契約と後始末を三月末で終え、四月も下旬に差し掛かる頃となって漸く自転車を購入した。脚力が弱くなっていて向かい風の中を走る自信が無かったので、自転車屋に行くまでは電動アシスト車を候補にあげていた。しかし並べられている色々な車種を見てみると、電動アシスト車はモーターとバッテリーの分だけ重たく、長距離を走るのに向いた物ほど高価だった。また近隣の道路はきれいに舗装されているとは限らなかったので、高速向きのタイヤの細いタイプは一転びしたら曲がってしまいそうで躊躇した。

結局はタイヤの幅が太めで車重が10kgを切ったスポーツ車を選んだ。ギヤの変速は前が3段で後ろが10段もあったのに、十万円もしない価格の安さに驚いた。五十年も前のことだが、高校の入学を前に通学用の5段ギヤの自転車を買ってもらった。曖昧な記憶だが、その値段は三万数千円もしたように思う。ナショナル（現パナソニック）製の白い塗装のスポーツ車で、サドル下の斜めのフレームに細長い簡易の空気入れが付属されていた。普及型の自転車でさえ一万五千円程度だったと思うが、当時の収入レベルが現在の四分の一程度だったとして比較すると、かなり高価な買い物だったに違いない。

中学生の時にはギヤ付きでスポーツ型の自転車に乗っている友人が羨ましかった。しかし自分が乗っていた自転車については記憶が飛んでしまっている。父と母、二歳上の姉と四歳上の兄の物については形状や色は朧げながら浮かんでくるのだが、自分の物についてはサッパリ出てこない。父の自転車は黒いスティールのフレームの昭和三十年代製と思われるいかつい形状だった。ハンドルとサドルの間のフレームに取りつけた幼児用の補助席に座り、父の腕と胸に挟まれて走った記憶が残っている。三歳には届かなかっただろう。

母の自転車もまたクラシックな婦人用のフレーム形状で濃緑色だった。小学生の頃は体が小さくてサドルに座ってペダルを漕げなかったので、ペダルに足をかけて立った状態で体を左右に上下させながら漕いで走っていた。兄が高校入学とともに購入した物は軽量化された鮮やかな緑色のフレームで、オーソドックスだが三段の変速ギヤが付いていた。姉の物は現在のママチャリのような形で、白と紫の二色で塗装されてお洒落だった。

小学生の時の自転車の記憶は鮮明で、子供用で大人用より二回りほど小さく、フレームも細くて白っぽい塗装がなされていた。大人用を含め全ては後輪を持ちあげて駐車させるスタンドが取り付けられていた。自転車に乗れるようになったのは遅くて、小学生の高学年になってからだった。ある日の練習中にうまくブレーキをかけられず、右に向かってバランスを崩し、有刺鉄線の柵に突っ込んでしまった。今でも右の手首から肘にかけ、前腕の内側にその傷痕が深く残っている。治療は赤チンキを塗って包帯を巻いただけだった。

中学生の時にどんな自転車に乗っていたかは忘れてしまったものの、竿や仕掛けを自転車に括りつけて鮒を釣りにあちこち出かけていた。魚が釣れたときは魚籠《びく》をハンドルにぶら下げて帰って来た。2㎞以上離れたような友人の所に行った時も自転車だった筈だ。記憶が浮かんでこないのは、大切なものを無くしてしまったようで何となく寂しいものだ。

高校までの道程は6㎞弱で5段ギヤのスポーツ車で軽快に通えるかと思っていた。しかし暮らしていた郡山市は盆地で、自宅と高校では30ｍほどの高低差があり、どんな経路を選んでも朝の往路には登り坂があった。一番小さなギヤ比でも立ち漕ぎが必要な所もあって所要時間は二十分程だった。ところが帰路は平地・下り坂・平地と全てをギヤ比マックスで走り、急げば十二分程で帰宅できた。平均時速30㎞といったところだ。

男子高校だったので女子との接点を探していたが、通学の朝に特別な出会いがあった。校門の近くに差し掛かると徒歩で通学している女子高生とすれ違うようになり、その一瞬に胸がときめいた。五月病にならず遅刻もせずに通学できたのはその出会いがあったからだろう。いよいよ決心して自転車を停めて、どぎまぎしながら名前を聞いた場面が蘇る。

しかし翌年の三月になると出会いが無くなってしまった。二学年上の三年生だったので卒業していたのだ。諦めかけようとしていたら次の幸運が訪れた。たまたま通学途上で対向して郡山駅に向かうバスの車窓に彼女の顔を見付けた。その日からまずは駅に向かい、その時間のバスの経路と反対側から通学することにした。そうしたら駅のちょっと手前で歩いてくる彼女と遭遇したのだった。彼女の勤務先は私が自宅から駅に向かう通学路沿いにあった信用金庫だった。その日から高校を卒業するまで朝の挨拶を続けた。

偶然に街で歩いて出会ったときには、テレックスの担当になったなどと仕事の話をしてくれたこともあった。ファクシミリやEメールの無い時代であり、高校生の私にとっては別世界の事だった。もっと自分に関心を持ってもらいたく、油絵を描き始め、街の西側に聳える奥羽山脈の黄昏を描いて手渡したこともあった。

やがて大学進学の時期を迎えて郡山を離れ埼玉の川越に住むことを伝えた。すると何日か後に駅前の喫茶店で待ち合わせようと言ってくれた。初めてのデートだった。そして入学祝いとして緑のリボンをかけた掌ほどのずっしり重いプレゼントを渡してくれた。その時に舞い上がるという気持ちを初めて味わった。包みの中身はクリスタルの灰皿で、煙草を吸わなかった私にとって、そのプレゼントは使わずじまいの記念品となってしまった。きっと職場の男性たちは愛煙家ばかりだったのだろう。

大学に入学した後には毎月のように手紙を書き文通を始めた。一年生の夏休みに運転免許をとったので、郡山に戻ったときには何度か二人でドライブをした。その度に写真を撮っては引き伸ばし、額に入れて自分の部屋に飾るとともにプレゼントもした。そんな喜びは長く続かず、二年生の秋の日のドライブの帰りに、車の中で結婚するという話を聞かされた。その日が初恋の最終日となってしまった。今はお互いに爺さん婆さんとなって、今度は何処かですれ違う事があったとしても、相手が誰かを認識するのは難しいことだろう。

最初の就職先は大学の四年生のときに住んでいた、埼玉県の上福岡市の同じ市内にあり、東武東上線の上福岡駅を挟んでほぼ反対側で2㎞ばかり離れていた。自転車で通勤していたが一つの事を除き何も起きなかった。それは仕事を終えて帰途についた時のことだった。会社の門を出て左に曲がって間もなく、交番の前で警官に呼び止められた。何と無灯火ということでピンク色の警告書を渡されたのだ。当時の自転車の発電機はタイヤに接触させて回転させる型式だったので、その接触調整が不味く発電が不十分だったのだ。初めて自転車でも違反になる事を経験した。警告書だったので罰金は無かった。

その会社を辞めてから幾つかの会社を経験したが、次に自転車を頻繁に乗るようになったのはそれから十五年も経っていた。郡山、東京の青山、千葉の館山と職場を変え、館山市の隣町の田畑が隣接する住宅地の端に移り住んだ頃だった。長男が幼稚園に通っていた時期で、自由に自転車を乗り回せるようになっていた。たまたま職場の同僚から乗らなくなった自転車をもらったので、よく息子と田んぼの中の農道を競争しながら走った。まだ幼かった息子はむこう側の車道沿いにあった駄菓子屋に行くのを楽しみにしていた。

残念ながら小学校に入学してしばらくすると、息子は四十歳に近くなった親父と遊んでくれなくなった。また勤務していた会社が買収されたことで、時期をみての退職を考えていた。頃合いよく米国企業の日本法人から誘いを受けたので、その会社の成田にあった技術センターに転出した。やがてそこへ車で通勤ができる栄町に新居を構えて家族で移り住んだ。館山で生まれた次男が幼稚園に入園した頃で、次男の自転車に乗る練習は手伝ったが、自ら自転車に乗ることは滅多に無かった。

成田の事業所を拠点に凡そ十年を過ごしたが、親会社の組織や国内機能の変更で、業務異動や勤務先の成田から芝浦への変更があった。そんな折にまたもや米国企業の日本法人に勤める友人からの紹介があり、また所属していた米国本社の間接的な上長が、この企業の米国本社の副社長になっていたこともあり、東京で面談して転職を決心した。国内の電機会社と共同で運営していた、三重県の四日市にある半導体工場で、単身で四日市に赴任した。二〇〇六年で五十二歳になっていた。

これまでは顧客として何度か訪問していた工場が今度は自分の勤務先に変わった。転職の直前までは四日市にあった支店に三カ月毎に訪問し、そこの技術者へのトレーニングを担当していたので、何度もの宿泊や食事で駅前付近は少しだけ慣れ親しんでいた。住み家として選んだのは湯の山線沿いで、四日市駅から二つ目の伊勢松本駅に間近なマンションの最上階だった。北にあった入り口からは鈴鹿山脈や伊勢湾を望むことができた。

北西に向かうと10㎞ほどの所に湯の山温泉があり、更に5㎞ばかりつづら折りの山道を登れば、滋賀県との境の鈴鹿山脈の峠になっている。赴任して暫くの間は週末毎に車であちこちを探索した。三重県内は勿論のこと、隣接する滋賀や愛知、岐阜にも足を延ばした。

翌年になって通勤途上の川沿いの桜並木が艶やかに衣替えを始めたのを見て、自転車を買い求め、伊勢松本を中心として近隣を巡るようになった。三滝川や海蔵川の堤防の桜並木は見事だったが、特に桑名寄りの富田駅近くにある十四川の桜並木は殊のほか素晴らしかった。古い街並みや史跡、寺社を眺めながら、旧東海道に沿って北上すると富田だ。季節が変わってもルートを変えて月に一度は富田駅を越えて自転車を走らせた。

富田は以前の会社の時に四日市支店への出張の折に知り合ったアシスタント業務の女子社員の出身地だった。だいぶ年の差があったが妙に気が合って、出張の度に食事をしたり、翌日が休日の場合は近郊の名所や伊勢路を案内してもらった事もあった。暫くして派遣先が変わり、それから結婚したという報告を聞いていたが、転職して赴任した直後に何年ぶりかで再会した。昼食を一緒にしたのだが二歳くらいのオムツをつけた女の子を連れて来た。手を伸ばしたら人見知りせずに抱っこされてくれた。可愛い孫を見る爺さんのような気持ちとなった。偶然にでも二人を見掛けることができたらと、自転車での彷徨だった。

長男の大学の卒業が確定し、子育ての義務は次男の大学支援を残すだけとなったので、二〇〇八年の末に自分自身のサラリーマン生活に終止符を打った。老いた父親の病状も悪化していたので、頻繁に見舞いをしたいとも考えていた。有給休暇を利用して十二月にマンションを引き払い自宅に戻った。時間に余裕がうまれたので、持ち帰った自転車で真冬の近隣を探索した。昼でも残った日陰の霜柱や薄氷に覆われた田んぼなど、十五年以上住んでいたのに気づかなかった冬景色を眺めて感動した。

二〇〇九年に入り、正月明け早々に成田の会社で同僚だった友人から、アルバイトで太陽電池や半導体のマーケティングをしないかと誘われ、個人事業主となって二月から業務を受託した。定時の勤務で済んだので、休日には自転車での近隣の散策を続けた。人々が育てた花々だけでなく、名前を知らない数々の山野草の花々にも出会う事ができた。

二〇一〇年には農園を借りて野菜作りを始め、二〇一一年には長い付き合いの友人の依頼によって業務請負先が二社となり、更に二〇一三年からは請負先が三社に増えて、自転車に乗る時間を見付けられなくなってしまった。それから六年が経った二〇一九年の後半となって、漸くまた自転車に乗り始めたという次第である。

高校生の時には毎朝の出会いに胸をときめかせて通学の自転車を漕いだ。五十代の半ばでは転職して単身赴任した四日市で、楽しい思い出を辿りながら富田の地を自転車で巡っていた。六十代も半ばを過ぎた今は、利根川沿いや印旛沼の近隣を季節の移ろいを感じながら脚力維持のために自転車を漕いでいる。右の上腕には小学生の時に有刺鉄線で作った裂傷の痕が残り、左肘の周りには去年に下り坂で転倒した時の擦り傷痕が残っている。

六十七回目の十二月　《季節と楽しみ》

暖かかった十一月も月末には季節が戻って、十二月の初日には車の窓ガラスが凍りついた。こうして六十七回目の年末が始まった。高校までは福島県の生家で暮らし、大学になって以降は何回か転居し、この二十五年間は千葉県の印旛郡栄町で過ごしている。その土地、その土地での生活に馴染み、年齢に合わせそこでの楽しみを見つけて暮らしてきた。今年は新型コロナウイルス禍に翻弄され人との接触機会が減少し、仕事や年齢からも人付き合いの機会が減っている。冬を迎えても冷たい風が和んだ日には、陽ざしの心地良さを感じながら近隣を散策し、自給自足の冬野菜を収穫したりして静かな毎日を送っている。

一九五四年十月二十九日に福島県安積郡富久山町久保田字岡ノ城という所で生まれた。安積郡は東京オリンピック開催翌年の一九六五年に郡山市となった。百坪ほどの土地に平屋建ての住居と物置小屋があり羊や鶏を飼っていた。庭に植えられていた杏子や無花果は初夏からのおやつとなり、秋には渋を抜いた柿が食後の果物となっていた。ちょっと離れてはいたが水田や畑もあって米と野菜を自作し、近隣の川や池で捕った雑魚は夕飯のオカズとなって、幼い頃は自給自足に近い生活をしていた。貧しさを感ぜず楽しい毎日だった。

庭の南側が奥州街道からの進入路となり、そこに養魚池が接していたので、夏にはギンヤンマが水上を旋回し、秋には池を囲んだ有刺鉄線にびっしりと赤トンボが止まっていた。冬にはその西手にあった柵の無いもう一つの養魚池が凍ったので、子供達の氷上の遊び場となっていた。その南側にあった二階建ての長屋が影を造り、池の南半分には氷が厚くはり、陽ざしが届いた北側に向かって氷は薄くなっていた。肝試しとばかり薄い氷に近づいては、氷にひびが入る瞬間に引き返すのだが、時々は間に合わずに寒中水泳となった。

家の北側は東北本線を越えるため屋根の高さ程に嵩上げされた三春街道が通っていた。そこから隣家の東側にリヤカーが通れる幅の側道が取り付けられていた。雪が降ると30m程のダウンスロープとして、子供たちにとってはスキーや橇《そり》の滑降コースに変わった。近隣の家々の庭や物置小屋は出入り自由で農家の広い庭と建物を使って缶蹴りに興じていた。トンボ捕り、釣りに雑魚掬《すく》いは日常だったが、釣りの拡張版でも大いに楽しんだ。

まずは麦藁トンボを網で捕まえるところから始める。次はこの麦藁トンボを細い糸に繋ぎ、塩辛トンボの前を飛ばせ尾繋がりをさせて捕まえる。その次は竹の棒の釣り竿にして返しの無いJ型の釣り針に餌として塩辛トンボを付ける。特製の針は縫い針を火で炙って柔らかくして曲げ、焼き入れをした自作品だ。これを田の畔で休んでいる殿様蛙の前方上部にチラつかせる。フライフィッシングならぬフライフロッギングだ。まさに蛙飛びで食らい付いてくる。同じ仕掛けで今度は溜め池に行きザリガニ釣りだ。餌は皮をむいた蛙の脚で、バケツ一杯のザリガニが捕獲できた。これを祖母に渡すと喜んで受け取り、叩いて栄養満点の餌として鶏に与えた。そして卵を産まなくなった鶏が私の大好物の餌となった。

小学校の低学年までは徒歩圏内の幼馴染達との交遊だったが、高学年となってからは自転車圏に変わった。そして遊びの項目にソフトボールが加わり、学校の校庭だけでなく広い空き地や企業の野球場にも遠征した。夏休みは田んぼの中に新設された学校のプールに毎日通った。トンボ釣りや蛙釣りは卒業したが、代わって当時にブームとなっていた伝書鳩を飼いだした。両親の許可など得ずに廃材を集め、小遣いで不足した資材を買って自分で鳩小屋を造った。高校受験準備が本格化した中学三年の夏ごろまで続けた。

物心がついた頃から玄関の下駄箱の上には鳥籠が並び、メジロにコガラ、ウグイスなどの野鳥が飼われ、父は毎朝それらに別々の餌を作って与えていた。父は孟宗竹を切ってきて乾燥させ、竹ひごを引いて鳥籠を造り、自分の手で野鳥を捕まえていた。また夏には虫かごを造り、鈴虫を捕って音色を聴いたりと、優雅な趣味を持っていた。勿論、兄や私の魚捕りが好きだったのも父に手ほどきを受けてのことだった。

街の様子もそうだったが、我が家の一年の始まりは十二月下旬だったような気がする。家の大掃除をしたら餅つきの準備だ。納屋から臼や杵、切り餅用の木型を取り出し、埃を払って水洗いする。餅米を洗って水切りをして翌日に備える。当日は家族総出で餅つきだ。片栗粉をまぶしながら大きな鏡餅と小ぶりの神棚への供え餅を丸めた。切り餅は木型に餅を流し込んで固くなるのを待った。ご馳走付きの楽しい家族行事の一つだった。

除夜の鐘を聞いてから布団に入るが、目覚めると食卓に特別の料理が並んでいたのだから心が躍った。正月の最大の期待は勿論お年玉だ。早く親戚縁者が来ないかと心待ちにしていた。最初に貰ったお年玉を持って駄菓子屋に行き、正月ならではの凧《たこ》や独楽《こま》を買ったものだった。奴凧に新聞紙を切って尾ひれを糊付けするのだが、その重さで安定度が異なる。だから凧を揚げる度に尾ひれの幅や長さの調節に挑戦心をかきたてられた。

正月が過ぎると鏡開きが待っていた。鏡餅を金槌で割って、細かくなった欠片を油で揚げてもらう。塩を振っただけでも、醤油を垂らしても旨さの極致だった。二月になると節分、そして町内では阿弥陀寺の毘沙門天祭と続き、最も寒い時期の中なのに暗い気持ちになる事は無かった。毘沙門天祭りの御利益は厄消し、施財だそうだが、だるまの出店が多かった理由が今になって漸く分かった。当時はイカ焼きの醤油の香ばしさだけに誘われていた。

三月になれば桃の節句だったが、姉がいたのに雛飾りを見た記憶が無い。それでも桜餅だけは用意されたのだから、雛段飾りをする経済的な余裕が無かったのだろう。その直後の三月十二日の兄の誕生日も祝いは無かった。私の両親は子供の誕生祝いや節句の祝いをしなかったが、三人の子供達は誰もそれが親の愛情不足とは感じていなかった。それよりも何をやっても小言を言わないとか、一緒に何処かへ出掛けられることで十分だった。

端午の節句も同様だった。兄と私、兄弟二人とも、鯉幟や武者幟で祝ってもらった事が無かった。屋根より高く泳ぐ鯉幟と庭に何本も並んだ武者幟のある幼馴染が羨ましかったが、欲しいとまでは思わなかった。見るだけの幟より味覚を満足させる柏餅で十分だったようだ。加えて菖蒲湯に入ることだけは恒例で、歩いて直ぐの小川の岸に生えていた菖蒲を摘んでくるのは私の役目だった。いつもとは違う風呂の香りと湯触りが心地よかった。

四月は今も当時も花の季節だ。家の裏手の三春街道沿いは桜並木となっていて、二本の桜の枝が伸びていたので花見に行く必要は無かった。私の部屋は家の東北の角にあったので、花が散る頃となれば開けた窓から花びらが舞い込んできた。日の当たらない寒々とした部屋だったが、桜の木の向こうに大空が広がった借景の窓だった。庭には二本の杏子の木があり少し濃い花を咲かせた。美味しい実をつける杏子の花が桜よりも綺麗に見えた。

新緑が夏色の緑に変わる六月、水面に頭を出していた稲がぐんと伸びて緑の絨毯のようになる。その季節に山鳩を育てたことがあった。小学校の五年生か六年生の頃で、孵化して二〜三週間後の巣立ち前の小鳩を捕ってきて、水に浸けてふやかした穀物を親鳥代わりになって朝夕に与えた。日ごとに大きく育つ姿を見るのが嬉しく、親心を知ったようだった。因みに山鳩でも伝書鳩でも産卵は二個で、大きい方がオス、小さい方がメスと決まっていた。級友達と山鳩の鳴き声を「デデーポッポー」と真似していた。

六月の下旬から七月の下旬は梅雨で蛍が飛び始める頃だった。しかし何をして遊んでいたのか記憶は抜け落ちてしまった。小学校では七夕祭りがあって、笹に吊るす短冊を作ったりしていた。梅雨が明けた頃に夏休みが開始し、一カ月間の夏休みを満喫した。

小学生の頃の夏休みの日課はトンボ捕りに魚釣り、プールで泳ぎ、戸外で遊ぶことだった。夏休みの間に一〜二回の家族で行く猪苗代湖への湖水浴は、年間行事の中で最大の楽しみだった。郡山駅から磐越西線に乗って一時間弱の所なのだが、上戸駅と関戸駅の間の志田浜湖水浴場に近い場所に夏の間だけ臨時乗降駅が営業した。途中の中山宿駅で機関車はスイッチバック方式で峠を上っていた。湖面の向こうには磐梯山が聳えていた。当時の水浴びと言えばプールか猪苗代湖で、海水浴を体験したのは大学生になってからだった。

中学生になっても夏休みの宿題は放りっぱなしだったので、九月に入って実施される試験の前やその結果に憂鬱だった。学年あたりの生徒数は四百人ぐらいで、大抵の中間試験や期末試験は上位の一割以内に位置していたが、夏休み明けの試験だけは二桁の位置に落下した。当時は生徒全員の名前が成績順に貼り出され、親に見せる成績表には生徒数と順位が示されていた。不思議だったのは成績によって云々と両親は何も言わなかった事である。

十月になると稲刈りを終えて農閑期を迎える。方部と呼ばれていた地区の皆でリヤカーに大鍋と具材に水と薪をのせて阿武隈川の河原に行った。秋恒例の芋煮会だった。里芋に大根、白菜や人参に豚肉で醤油味だったような気がする。大人たちの手際よく作るかまどや薪に火をつける要領の良さに見入っていた。年々子供の数が減少し、中学生になった頃には方部の行事が段々と消えていった。それでも家族での芋煮会は何年も続いた。

当時の郡山の秋は短く、十一月は冬支度の時期でもあった。近所の農家から味噌作りの用具を一式借りて、大釜で大豆を煮て肉挽き機で粉砕し、大桶で米麹と塩を合わせて混ぜ合わせ、大桶に入れて寝かせるのだった。リヤカー一杯の渋柿を買い、祖母と母は夜毎に皮をむいて綱にかけて干し柿を作った。母が作った白菜の葉の間にイカや人参、糸昆布とニンニクを挟んだ『朝鮮漬け』は最高に旨かった。寝たきりになる前まで作ってくれた。

十二月となれば今では街だけでなく、多くの民家でも外壁や門柵に電飾が施される。しかし高校生までの郡山での師走は、クリスマスと言うより正月の準備期間だった。それでもクリスマスのイブや当日だけは特別のご馳走があるかも知れないという期待があった。子供会では御菓子を配ってのクリスマス会が開催され、クリスマスソングを聴いたり歌ったりすることも楽しみの一つだった。

残念ながら近年は体の動きが鈍くなり、速足で歩く事も難しくなってしまった。また面白く感じる心も変わってしまって、幼い頃や若き日の楽しみをそのまま繰り返す気力も体力も無くしてしまった。昨今は仕事が無い日で雨が降らなければ、庭の菜園の手入れや近隣の散策が楽しみとなった。また気の置けない友人たちとの交際が続き、ゴルフに興じながらの病気自慢と、美術館や博物館を巡ってからの夕宴を楽しみの代表としている。

殆どの旧友は現役を退き年金受給の齢となったので、年賀状以外にも連絡を取り合うようになった。たまにはその機会が誰かの訃報の時もあって、より一層互いの近況が気になったりしている。そんな思いの中、ふと高校の漢文の中で習った二つの句の切片が浮かんできた。『一杯一杯また一杯』、『朋あり遠方より来る』。いつ旧友が訪ねて来ても直ぐに酒と肴でもてなせるよう、庭に四季の野菜を育て包丁を研いでおこう。

山中にて幽人と対酌す　李白

両人対酌すれば山花開く
一杯一杯また一杯
我酔うて眠らんと欲す卿且く去れ
明朝意あらば琴を抱いて来たれ

論語『学而時習之』

子曰く
学びて時に之を習ふ　亦説《よろこ》ばしからずや
朋有り遠方より来たる　亦楽しからずや
人知らずして慍《うら》みず　亦君子ならずや

師走の庭に朝霜が降りるようになった。既に水仙はひざ下の丈となって、単調になっていた地面に緑の集落で彩を加えている。菜園に植えた白菜や大根は、翌春まで自給自足が可能な数量が育っている。日が高くなると庭木に幾種かの野鳥たちが訪れる。シジュウカラ、メジロなどの枝から枝へ飛び回る姿が愛らしい。名前の分からない野鳥の名前を覚えよう。いつか餌場でも作ろうかと思っている。

近隣の桜並木に挟まれた堤防の散歩道は、すっかり葉を落として足元にまで陽ざしが届いている。冬ならではの陽ざしの心地良さを感じることができる。中には花が一～二輪弱々しく咲いているのを見付けることもある。利根川と印旛沼を結ぶ長門川には白鳥が飛来して静かな水面をゆったりと泳いでいる。田んぼは枯れ野に変わっているが、畦道の雑草は寒さにめげずに青々とし、中には薄紫や鮮やかな黄色の花を咲かせているものもある。

友と盃を交わせる年月も残り少なくなってきた。残念ながらウイルス騒動が落ち着くまでは遠くに住む友との再会は先送りしなければならない。しばしメールに写真でも添付して無事を知らせよう。近くに住む友とは密とならないゴルフ場に行こう。ただどうしても大声を上げることにはなるだろう。「フォアー！」と。

もう暫くは生き永らえて、季節の酒肴とともに旧友たちとの再会を祝いたいものである。

後書き　《記憶を辿って　二〇二〇》

二〇二〇年となった一月中旬の天気が下り坂だったある朝に、たまたま書棚に眠っていた、一九七九年に発行された串田孫一氏の『風の中の詩』という一冊の随想集を手にした。購入以来一度も読んでいないのに、十回余りの引っ越し試練にも耐えて帯同して来てくれた。四十年余りの日々を経て、長年この日を待っていたとばかりに一気に読み終えた。

その一冊を買った頃を振り返っているうちに、昨今の何かの出来事につけては、忘れていた古い記憶が次々と蘇ってきた。そんな感慨を持ち始めたところに、三月に定年を迎える倉敷に住む大学時代の旧友が来訪することになっていた。その来訪を職業人生の修学旅行として連絡を取り合っていたが、滅多に無い機会と鴻巣で暮らす友人と水戸に住む友人を加えて、四人で二泊三日の合宿同窓会を開いた。

千葉の県北地区を巡り、連夜で杯を重ねながら、それぞれのあやふやな記憶を紡ぎ、学生時代の奇行を確認し合った。写真好きの鴻巣の友人は二泊三日の紀行をアルバムにして送ってくれた。私は紀行と蘇った記憶を合わせて『定年前の修学旅行』として随想文を書いて皆にメールした。これらが機となって今年一年の記憶を辿っての随想録が出来上がった。

書き始めてみると身の回りのふとした事に自身の脳が反応し始め、旧い記憶が蘇るとともにあやふやな記憶を確かめたくなっていった。時には暫く連絡を取っていなかった友人や兄姉に電話して、疑問として浮かんできたことを聞いてみたりした。そのような会話をしていたら、相手も古い記憶を辿ることに喜々としている様子が伝わってきた。

どこかで区切りをつけなければならない。そうであれば今年の二〇二〇年という一年の中で思い浮かんだことを一冊の随想録としてまとめてみようと思った次第である。十二月に入って最終編となる十九節目を書き終えた。途中に電話したある友人は「終活か？」と、先が短い状況にあるのではないかと心配してくれたこともあった。これから先の長さが日本人の標準だとしても、実質的には『終活』の一部には違いないようだ。

この随想録は懐かしい友人達へ感謝の気持ちを添えて贈りたい。そして何か面白い記憶が蘇ったならば、ぜひ聞かせて欲しい。また一緒に笑える機会を楽しみに待っている。

二〇二〇年十二月

橋本正幸

★

笑顔を頂いた皆さん　ありがとう

橋本　正幸（はしもと　まさゆき）

1954年福島県生まれ。1977年東洋大学工学部卒業後、新日本無線株式会社、クラリオン株式会社、伊藤忠データシステム株式会社、株式会社NMBセミコンダクター、日鉄セミコンダクター株式会社、アプライドマテリアルズ株式会社、サンディスク株式会社所属で半導体技術に携わった。2009年１月より個人事業主として半導体のマーケティングを請け負っている。千葉県印旛郡の栄町に菜園付の事業所を構え、季節ごとの野菜作りを楽しみとしている。

記憶を辿って　2020

2021年６月16日　初版第１刷発行

著　　者　橋本正幸
発 行 者　中田典昭
発 行 所　東京図書出版
発行発売　株式会社 リフレ出版
〒113-0021　東京都文京区本駒込 3-10-4
電話 (03)3823-9171　FAX 0120-41-8080
印　　刷　株式会社 ブレイン

ISBN978-4-86641-411-9 C0095
Printed in Japan 2021
日本音楽著作権協会(出)許諾第2102681-101号